陳福成著作述評

── 他的寫作與人生

陳 福 成 編著

華文現代詩點將錄
文史哲出版社印行

國家圖書館出版品預行編目資料

陳福成著作述評：他的寫作與人生 / 陳福成編著.-- 初版 -- 臺北市：文史哲, 民107.08
頁： 公分. （華文現代詩點將錄；8）
ISBN 978-986-314-428-1 (平裝)

1.陳福成 2.中國文學 3.文學評論

848.6 107013213

華文現代詩點將錄 8

陳福成著作述評：他的寫作與人生

編著者：陳福成
出版者：文史哲出版社
http:// www.lapen.com.tw
e-mail：lapen@ms74.hinet.net
登記證字號：行政院新聞局版臺業字五三三七號
發行人：彭正雄
發行所：文史哲出版社
印刷者：文史哲出版社
臺北市羅斯福路一段七十二巷四號
郵政劃撥帳號：一六一八〇一七五
電話886-2-23511028・傳真886-2-23965656

實價新臺幣四二〇元

二〇一八年（民一〇七）八月初版
二〇一九年（民一〇八）五月修訂再版

ISBN 978-986-314-428-1 86108

自序：俱道適往　著手成春

《華文現代詩》點將錄，是為這詩刊成立五周年，並同時慶祝本詩社三位元老的八十大壽，許其正、彭正雄和林錫嘉，計畫辦個大型以詩為主題的活動。時間約為二〇一八年年中，「點將錄」為配合這個活動出版。

在本社七家詩人的七本書（鄭雅文、莫渝、許其正、曾美霞、劉正偉、林錫嘉、陳寧貴），單純由我寫完並一律以現代詩為主要研究內容。但我自己不能寫自己，而是整理幾年來，一些文友讀者給我的述評賞文，這樣就比較雜，不完全針對我的現代詩，漫談我全部著作（如王學忠、陳才生），也有針對我的詩（如方飛白）。

本書除第一章和年表由我自己撰寫，餘均范揚松、吳明興、方飛白、曾詩文、傅明琪、劉茵、陳才生、王學忠、陳寧貴、費碟之美文，感謝這幾位文壇詩界的才子佳人，點將錄得以完整呈現。

司空圖《二十四詩品》之「自然」品說：「俯拾即是，不取諸鄰。俱道適往，著手成春。」各類文章亦如是，我讀本書各家文章，只感受到你自然的真性情。這些才是吾等騷人墨客珍貴的情懷啊！

《華文現代詩》同仁為五周年慶，我負責完成九本大著，我個人在文壇詩界並非有大量粉絲，所能獲得文朋詩友共鳴不多，僅將近幾年的回應編成一冊，以充九本之數，尚祈各大家教正。

《華文現代詩》同仁、臺北公館蟾蜍山萬盛草堂

陳福成　誌於二〇一七年九月

陳福成著作述評

──他的寫作與人生

目　次

全家花蓮三日遊，與妻在舊地合照。二〇一七年春節後）

全家花蓮三日遊（二〇一七年春節後）

「星雲教育獎」頒獎典禮，前臺大校長孫震（左二）獲頒終身教育典範獎，左一吳信義、右一俊歌、右二本書編者。（2017.9.24 在佛光山臺北道場）

「星雲教育獎」典禮現場師兄姊合照

師兄弟三人著臺大志工服合影

「本書編者在臺大志工會議室

臺大退聯會理事長（任職四年 2013-2016）俊歌接理事長，頒榮譽狀給我，右是方祖達教授。（2017 年）

大作家無名氏骨灰放佛光山，我和信義兄長一行參加佛光山學佛夏令營，受彭正雄之託去祭拜他。（2011 年）

和小女佳莉在臺大校門口，臺大杜鵑花節（2015年）。她現在正讀臺大研究所。（2017年）

喝了酒最適合做兩件事：彈吉他、寫詩。

佛光山佛學夏令營（2015.7 本山居樓二樓）

2017年2月6日華文現代詩刊全體成員編輯會，會後春敘。右起許其正、莫渝、陳寧貴、鄭雅文、林錫嘉、劉正偉、陳福成、彭正雄、曾美霞。

慈濟電視台來兩位美女記者、三位攝影師，訪談編者。並現地導覽「公館臺大古蹟」(攝於臺大醉月湖旁)。

臺大退休教官聚餐

陸官 44 期同學中，就這幾位定期聚會。
（2017.7.3 於三軍軍官俱樂部）

臺大教官退休（伍）經常聚會（2017 吉日）

聆聽智者高談經營之道（2017.6 於臺北）

臺大退聯會花蓮三日遊

佛光山學佛夏令營教室（2017 於雲居樓二樓）

讀書寫作是一輩子的功課（2017 於佛光山學佛夏令營）

1988 年 6 月編者研究所畢業，任職八軍團高雄大樹砲兵 608 營長，次年職調小金門 638 營長。（此照大樹離職時穿著西裝，接受官兵送別，至今難忘。）

任職金防部砲兵營長（638 營）與三位砲連連長（1989 攝於小金門海岸）

第一章　關於陳福成與其文學之路

陳福成

《華文現代詩》點將錄，一年多來，依序寫完鄭雅文、莫渝、許其正、林錫嘉、曾美霞、劉正偉、陳寧貴，以現代詩為主述研究並介紹，算是大功告成。剩下兩家，筆者和彭正雄，均非針對現代詩，彭正雄是傳記體作品（尚無足以寫作之可靠資料），筆者亦有灰色難題。

有史以來，從未見有詩人為自己的詩作寫評論或研究，球員兼裁判在任何領域都不能發生。但「點將錄」亦不宜有缺，因此本文比照前面各期刊出之點將內容，回顧筆者數十年來生命歷程，走入文學創作的因緣，以及這輩子到現在有哪些著作，按「事實陳述」向讀者做一交待。至於「價值陳述」，就交給讀者和歷史了。

一、生命歷程簡介

陳福成，一九五二年（民四十一）元月，出生在臺灣省臺中縣大肚鄉。一九六八年（民五十七、十六歲），入讀陸軍官校預備班十三期（中正預校前身），一九七一年八月升入陸官四十四期，一九七五年六月陸官畢業，不久即下野戰部隊。此後，我在野戰部隊待了十九年，本（臺）外（金馬）島約各半，擔任過的職務有：排長、連長、營長、情報官、作戰官、監察官、砲兵副指揮官，或一些閒差！。

野戰部隊這十九年，我真誠的說，無須隱瞞，也不必為自己「化妝」，人生最後都得自己誠實面對。大作家黃春明說自己年輕是「歹子」，曾被退學四次，而我是一個失意的軍官，甚至說失職的軍官。原因無他，我從軍校一畢業，就千方百計想要退伍，被鬼牽著走，毫無幹勁，人生之路完全迷失。我只好讀書、寫作，搞自己的事，這樣的心態不可能得到長官青睞。在那個年代，長官不喜歡部下只想讀書寫作，要你在崗位上苦幹實幹，賣命的幹。但我從不理會長官的期待，依然我行我素。現在文壇上的朋友只知我是「超級快筆」，怎麼一下子出版了一百多本書，又不是變魔術！我確是快筆，只是很多作品都是數十年以來從未停筆的成果，直到民國八十三年到臺灣大學才開始整理出版。

話說野戰部隊到了第十九年，我期同學最「優秀」的已要升中將了，而我仍是老中校，部隊無處可待（有上校缺都是留給自己的人）。於是，我轉任軍訓教官調臺灣大學，回顧這十九年，我除了寫作讀書，也完成三軍大學和復興崗政治研究所學業，這些軍、政專業知識，對我後來寫作幫了大忙。

八十三年四月十六日（這天老三、小女佳莉出生），我到臺灣大學軍訓室報到，我依然喜歡寫作、發表論文、文學作品等，但我發現臺大這環境有一「奇怪現象」，不管軍文職人員對會寫作、寫論文的人，相當尊重，這和野戰部隊不一樣。八十四年我出版兩版書，《決戰閏八月》和《防衛大臺灣》，當年可謂「轟動武林、驚動萬教」，這兩本書成為全國所有軍訓教官必讀的參考書，時任臺大校長的陳維昭在一個教授教官餐會上，對大家說：「在臺大能一年出版兩本書的，只有陳主任教官。」

民國八十四年底，我以服役滿二十年為由，打報告申請退伍，打算下去過自己的日子，做自己的事。報告打出，多位長官異口同聲說：「這樣的人才不能讓他跑了！」讓我受寵若驚，怎麼和野戰部隊兩個樣。又於是，三位長官（教育部軍訓處長宋文將軍、台大校長陳維昭教授和總教官李長嘯將軍），聯合保舉我升上校，老中校意外的得到一枚遲到的梅花。「遲到」很多年，但這一切都是自己造成的。「路」都是自己走出來的，後來我知道得更清楚明白，這就是「因果」。

變成「紅人」後，官職也不一樣了。臺大夜間部主任教官、兼文學院主任教官、兼教育部軍訓課程「國家安全」課召集人兼撰稿人、兼《軍訓通訊》顧問……八十六年時，軍訓（國防通識）教材由幼獅出版公司包辦。我寫的《國家安全概論》由幼獅出版，高中、高職、三專、五專、學院、大學的國家安全課，全用我這本書，高中職只略為簡化稱「概述」。多年後有修訂，我已退伍（休）了，對於這段數百萬學子必須讀我書，不論那些孩子有心無心讀，那是他們的事，我的人生有這個亮點，我視為生命中重要的價值。所有在野戰部隊失去的，在臺大補回來，還得到更多！

八十八年二月，我終於從臺大退休了，過我自由自在的讀書寫作生活。好像在這時，各級學校的「國防通識課程」（原軍訓）教材，開放各出版社競爭。不久，龍騰文化出版公司找上我，主持「國防通識」編成，我答應擔任（銀子誘惑也是）。很快我組成陣容堅強的團隊，包含李景素（教官、文化大學博士）、李文師（教官、中興歷史）、項台民（教官、交大博士生）、陳國慶（教官、臺大碩士）、龍騰公司的執行編輯李曉菁小姐，也帶一組人馬配合工作推動。很快我們完成高中職學生用書四冊（高一、二），另老師用書四冊，共八本。這真是不小的工程，大家也視為很有意義的「千秋事業」。

可惜，從世紀之末到新世紀之初，由於政治鬥爭讓教官成為犧牲品，國防通識課程成為被丟棄的「破鞋」。我等早已是一介退休老榮民，天下將如何？吾等無力為之，亦不想聞問，中國歷史有其一定的前進方向，這是我讀聖賢書所學知識。所以，我依然故我，讀書、研究、寫作、寫詩，並整理半生舊稿，都一一出版。

以上是我從出生以來，個人的生命歷程簡述。從年輕到老，生活重心都在寫作，為堅持初心，我有失有得，這是人生的常態。往更高境界去領悟，就像《華文現代詩》陳寧貴等引《心經》說常言，**「不增不減……無老死，亦無老死盡，無苦集滅道，無智亦無得，以無所得故……」**。那些在野戰部隊看似失去的，後來思之得有所悟，到現在我更得到「無所得」之故，這真是大有所得。

二、現代詩播種、成長的因緣

所謂新詩或叫現代詩，我從初高中到大學階段，就一直在校刊上寫，那時不懂不知，只是照葫蘆畫瓢，現在根本不知道那時寫些甚麼！駐金馬時常在《金門日報》和《馬祖日報》發表作品。但真正有點成長，應該開始於接觸民間詩刊並發表作品，如《自由青年》、《藍星詩刊》、《掌門詩刊》、《中華文藝》、《文藝月刊》、《腳印詩刊》、《詩人坊詩刊》，這些才是讓我在詩上有成長的因緣。因此，本文回顧幾首，賞讀〈島〉。（註一）

微風說起他童年的故事
一排頑皮的樹都哈哈大笑
引得小鳥唱山歌
山坡上的小草學著村姑的秀髮飄動
陣地旁的士兵用鐮刀整修他的散兵坑

春天呵
在我新陳代謝的旺季裡
不要慢了腳步

當鐵扇公主在我上面煽起大火
還得忍受海水燜燉
老樹也要發昏
村落的鷄和狗躲起來打盹
祇有打野外的士兵在我身上翻滾
夏天呵
有種把太陽也請下來
這裡是決戰的沙場

野菊為我披一件高貴的金黃
夕陽忍不住要摹仿
那天邊歸雁

翱翔的雙翅是我楓葉的箋
此外是戰士荷槍無語對晚風
秋天呵
山後煙囪挺立
把天空潑成一幅畫

漁夫在海裡布下陷阱
騙得黃魚螃蟹走錯地方
強風天天打我鬍子的歪主義
雨水常把我泡的感冒傷風
哨兵更在濃霧中提心吊膽
冬天呵
能夠一年四季永不動搖的
就是我

《藍星詩刊》第七十三期，民國七十三年六月。

我的軍旅歲月中，在金馬地區含各離島，大約駐了十年。我一共有五次外島輪調，在所有陸官四十四期同學中，大概沒有人如我長駐在金馬各島，放假回家孩子根本不認識我這父親。詩中情境在戒嚴時期凡外島當兵者，一定可以體會並感同身受，開放參觀後，據聞完全不一樣了。詩寫得如何？只有讀者有權說三道四，賞讀〈歸〉。（註二）

我從前方來
凱旋而歸

在暮色時分裡
投向妳
這兒沒有槍林彈雨
天空沒有砲火飛機

妳的嫵媚如迷魂煙霧
妳的豐盈是一座座難攻的山頭
我武裝自己，迎向挑戰
就在今夜
長短兩針展開追逐戰
直到二十四點
敵人始被制壓

檢討戰局
雖不致在山巒水灣處迷途
卻險在急流殘月裡敗退
原來這裡是一個不以火力兵力論勝負的戰場

《掌門詩刊》第十六期，民國七十三年六月。

〈歸〉在做甚麼？應該不難理解。想當年，四十年前，軍校生畢業下部隊，兩年內是不准休假的，若在外島可慘了，有些人可以到「八三一」解決，而詩人作家大多「守身如玉」。辛苦守了幾年，等當了連長、營長以上主官，還是慘，半年不能休假都是正常的，有時好不容易排幾天假可休。人未到家，電報已先到家：「速回，狀況三生效！」。啊！那些年，我們的青春就這樣給了國家，現在老了，靠點退休金過日子，那台獨偽政權的蔡妖女，說我們是「米蟲」，牠造業牠承擔吧！詩人不過言志抒發真感情。賞讀〈飄葉〉。（註三）

浪跡的異鄉人
孤寂、悲愴和夢
寫滿那一張
皺皺的臉

這雙
人在江湖，身不由己的
腳，盤不住泥裡的
根

我不知道
要飄向那裡
故鄉啊
你在何處

《文藝月刊》七十三年十一月，封面提詩

還記得這首詩當年《文藝月刊》寄來二百元稿費，我相信詩人寫詩從來不為稿費，依我研究，詩人寫詩最普遍還是「言志」、抒發情感情緒，成為生活生命的「出口」。層次更高是使命感，或追求「真理世界」（即羅門說的第三自然）。我的情形屬「言志」範圍，加上軍旅野戰部隊那十九年的失落，產生的「反作用力」，我必須有個「出口」，否則就跳太平洋。我於是，躲入「寫作讀書避風港」，寫作，散言、詩歌、小說、論文……無所不寫；國防、軍事、戰爭、兵法、政治、史哲……亦無所不寫，寫作是我做夢的方法，是我的理想國。

以上僅針對我的現代詩，談些創作因緣，其他文類不述（太多了）。後面就按例把一輩子至今所有著、編、譯作品，只提書名做總目整裡。

三、陳福成著、編、譯、著編作品總目

我所有已出版的著作（含部分編、譯、著編），約一百二十餘冊，另十餘冊完稿而尚未出版。數十年來，出版我著作的出版單位有：幼獅、黎明、金台灣、慧明、唐山、金華、龍騰、秀威等出版社。二〇〇八年以後，則大多數由文史哲出版社出版發行，以下只列書名，其餘出版資料均從略，為清楚明白以二—五年為階段區分。

◎一九九五年（四四歲）—一九九九年（四八歲）

《決戰閏八月：後鄧時代中共武力犯台研究》、《防衛大臺灣：臺海安全與三軍戰略大佈局》、《非常傳銷學：傳銷的陷阱與突圍對策》、《國家安全與情治機關的弔詭》。

◎二〇〇〇年（四九歲）—二〇〇四年（五三歲）

《國家安全與戰略關係》、《尋找一座山》詩集、《解開兩岸十大弔詭》、《孫子實戰經驗研究》、《大陸政策與兩岸關係》、《五十不惑：一個軍校生的半生塵影》。

◎二〇〇五年（五四歲）——二〇〇九年（五八歲）

《中國歷代戰爭新詮》、《中國近代黨派發展研究新詮》、《中國政治思想新詮》、《中國四大兵法家新詮：孫子、吾起、孫臏、孔明》、《春秋記實》詩集、《新領導與管理實務：新叢林時代領袖群倫的智慧》、《性情世界：陳福成詩集》、《國家安全論壇》、《頓悟學習》散文集、《春秋正義》散文集、《公主與王子的夢幻》小品集、《幻夢開一江山》詩集、《一個軍校生的臺大閒情》散文和詩合集、《愛倫坡恐怖推理小說經典新選（英譯中）、《神劍與屠刀》論文集、《赤縣行腳：神州心旅》傳統詩現代詩合集。

◎二〇一〇年（五九歲）——二〇一二年（六一歲）

《八方風雨・性情世界》詩集、《洄游的鮭魚：巴蜀返鄉記》、《古道・秋風・瘦筆》散文集、《山西芮城劉焦智《鳳梅人》報研究》、《男人和女人的情話真話》一頁一小品、《三月詩會研究：春秋大業18年》、《迷情・奇謀・輪迴》長篇小說、《找尋理想國：中國式民主政治研究要綱》、《在「鳳梅人」小橋上：山西芮城三人行》、《我所知道的孫大公》黃埔28期、《漸凍勇士陳宏傳：他和劉學慧的傳奇故事》、《大浩劫後：日本的衰亡》、《臺北公館地區開發史》、《從皈依到短期出家：另一種人生體驗》、

《第四波戰爭開山鼻祖賓拉登》、《中國統一的大戰略經營：臺大逸仙學會》、《金秋六人行：鄭州山西之旅》、《中國神譜：中國民間信仰之理論與實務》、《臺灣邊陲之美》詩和散文、《中國當代平民詩人王學忠》詩評論、《三月詩會二十年紀念別集》（編）、《政治學方法論概說》、《西洋政治思想史概述》、《臺中開發史，兼龍井陳家移臺略考》、《最自在的是彩霞：臺大退休人員聯誼會》。

◎二〇一三年（六二歲）—二〇一四年（六三歲）

《與君賞玩天地寬：陳福成作品評論和迴響》、《讀詩稗記：蟾蜍山萬盛草齋文存》、《嚴謹與浪漫之間：詩俠范揚松前傳》、《古晟的誕生：陳福成六十詩選》、《臺大教官興衰錄》、《為中華民族的生存發展進百書疏：孫大公的思想主張書函手稿》（編）、《把腳印典藏在雲端：三月詩會詩人手稿詩》（編著）、《英文單字研究：徹底理解英文單字記憶法》、《迷航記：黃埔情暨陸官四四期一些閒話》、《天帝教的中華文化意涵：掬一瓢《教訊》品天香》、《一信詩學研究：解剖一隻九頭詩鵠》、《「日本問題」的終極處理：廿一世紀中國人的天命與扶桑省建設要綱》、《留住末代書寫的身影：三月詩會詩人往來書簡存集》（著編）、《圖文並說臺北的前世今生：臺北開發的故事》、《奴婢妾匪到革命家之路：復興廣播電台謝雪紅訪講錄》、《臺北公館臺大地區考古導覽》、《我的革命檔案》、《我這輩子幹了甚麼好事：我和兩岸大學圖書館的因緣》、《最後一代書寫的身影：陳福成往來殘簡殘存集》（編）、《「外公」和「外婆」的詩：三月詩會外公外婆詩》（著編）、《中國全民民主統一會北京天津行》、《60後詩雜記現代詩集》、《胡爾泰現代詩臆說》、《從魯迅文學醫人魂救國魂說起》、《洪門、青幫與哥老會研究》、《梁又平事件後：佛法對治風暴的學習與反省》、《臺灣大學退休人員聯誼會會務通訊合集》（編）。

◎二〇一五年（六四歲）——二〇一九年（六八歲）

《三世因緣：書畫芳香幾世情》（編）、《那些年，我們是這樣寫情書的》（書簡）、《臺灣大學退休人員聯誼會第九任理事長實記》、《囚徒：陳福成五千行長詩》、《一隻菜鳥的學佛初認識》、《海青青的天空》詩論、《王學忠籲天詩錄》詩論、《葉莎現代詩欣賞》詩論、《為播詩種與莊雲惠詩作初探》（童詩評）、《世界洪門歷史文化協會論壇：澳門洪門二〇一五記實》、《三黨搞統一：共產黨、國民黨、民進黨搞統一分析》、《緣來艱辛非尋常：范揚松仿古體詩賞析》、《范蠡研究：商聖財神陶朱公傳奇》、《典藏斷滅的文明：最後一代書寫身影的告別紀念》（著編）、《我與當代中國大學圖書館的因緣》、《臺灣大學退休人員聯誼會第十任理事長記實》、《范蠡致富研究與學習》、《光陰簡史：我的圖像回憶錄現代詩集》、《光陰考古學：失落的圖像歷史現代詩集》、《我讀北京《黃埔》雜誌的筆記》、《天帝教第二人間使命：上帝加持中國統一的努力》。

◎《華文現代詩》點將錄

到二〇一八年五月，已全部完稿九冊。九冊是：《鄭雅文現代詩之佛法衍繹》、《莫渝現代詩賞析》、《現代田園詩人許其正作品研析》、《林錫嘉現代詩賞析》、《曾美霞現代詩賞析》、《劉正偉現代詩賞析——情詩王子的愛戀世界》、《陳寧貴現代詩研究——全才詩人的詩情遊蹤》、《陳福成著作述評—他的寫作與人生》、《舉起文化使命的火把——彭正雄出版及交流一甲子》

◎經教育部核定各級學校國防通識課程教材

這是筆者另一部份著作，有個人專著，有的合著，為各級學校國防通識課程教材課本，均為非賣品，只有指定處可買到，前後有三家出版社。

幼獅出版《國家安全概論》和概述，用於高中、高職、三專、五專、學院、大學軍訓課之用。

金華圖書公司出版《軍事戰史》，合著者：陳福成、羅慶生、許競任、廖德智、秦昱華、用於學院、大學軍訓課程。

龍騰文化事業公司出版《國防通識》，高中專用，高一、二每學期一本共四本，另教師專用亦四本，全套八本。這套書的合著者有：李文師、李景素、頊台民、陳國慶和筆者。

四、結　語

回顧這數十年寫作人生，就職業軍人而言，是一種意外，應該也違背了自己的初心。我相信凡是成為一個職業軍人，尤其四年制軍校出身，有機會讓他連長↓營長↓旅長……司令官……總司令，如是一直上去，他會願意去當什麼作家、詩人嗎？絕不會吧！這世間事總是非理性的，很弔詭的，路不如設想那般好走，很多奇妙因緣未到白髮出現弄不懂，當你懂了已是一把年紀。

但事情的發展似乎也不意外，正如《華文現代詩》諸君子淑女，他們就是在學生時代接觸文學，愛上文學，一輩子就走上了文學路，這正是因緣。回顧我自己亦如是，軍職成了我的「副業」，寫作反是「正業」。寫了一輩子，軍事類、政治類著作是我的專業，自信是有一定水準，文學類作品大約就是「人生日記」吧！

註釋

一、陳福成，〈島〉，《藍星詩刊》第七十三期，民國七十三年六月。後收錄於《春秋詩選》（臺北：文史哲出版社，二〇〇九年二月），頁三四——三六。

二、陳福成，〈歸〉，《掌門詩刊》第十八期，民國七十三年六月。後收錄在《尋找一座山》詩集（臺北：慧明出版社，民國九十一年十二月），頁一八二——一八三。

三、陳福成，〈飄葉〉，同註二《尋找一座山》詩集，頁二四八——二四九。發表在《文藝月刊》，七十三年十一月。

第二章　思路決定出路　企圖決定版圖

——陳福成新書「賞讀范揚松仿古體詩稿」自我反思

范揚松

這是陳福成教授創造的一份意外驚喜！生命中無法承受之重！

二〇一六年初春，詩友餐會酒敘，一時興起，將年來嘗試書寫的仿古體詩稿彙印數份，分贈給大夥瞧瞧習作的成績！由於四百餘首（最新累計為六百首左右），未敢期望教授專家群給我好評價；從未受詩詞格律聲韻訓練，既非中文本科又非博學鴻儒，能草成數百首亦屬強努之末……

四月中旬，在歡迎哈爾濱美女書畫家劉茵的品酒餐敘中，福成帶了十餘冊新書分贈諸友，哎呀！我驚叫了一聲，竟然是研究我去年仿古體詩稿的專書，內心突然戒慎恐懼起來，不敢放肆！期間與福成往還十數次，談文論道，臧否人物，批判時政，風花雪月……，他老兄絕口不提進行的寫作密謀！

我們都服膺「作者已死」的觀念，即作品既然已經完成發表，之後的解讀、詮釋權力在觀賞者與評論者手中。福成兄這絕招全都用在老朋友身上。恭敬不如從命，趁著酒意，漏夜快讀一遍，隔日酒醒再細讀部分篇章。最後，掩卷長嘆：知我者，福成也！

由於福成曾為我撰述「嚴謹與浪漫之間—范揚松生涯轉折與文學風華」專書（三五〇頁，文史哲出版），加上近距離觀察我的事業經營、教學培訓、人際交往及學思言行，真可謂無所遁逃天地之間。此外，他擅長從春秋筆法品評人物，亦可深度挖掘作品、人際、情感與思維的脈絡（動）！通關全書，他掌握了近八成的準確度，另百分二十則是因我學企管、經營事業，講授策略行銷，變革創新，這部份涉及極多的講學詩稿，因彼此背景有異，要完全洞徹我的管理思維及論點，確也不易，但他費心作了十大分類，相當詳盡，難為了他！值得讚嘆！教授詩友，賴群朋友難免會問：

- 從現代詩創作三十年，為何會轉變寫仿古體詩體裁？
- 寫作仿古體詩，為何能一寫五、六百首，且選材包羅萬象？
- 從題材與內容的多元性，是否背後藏有更大的寫作企圖？

為何從現代詩轉為仿古體詩創作？

現代詩前後創作出版了《俠的身世》、《帶你走過大地》、《木偶劇團》、《青春拼圖》、《愛河流域》（合集）、《鼓聲再起》（集結中）六冊，獲得數次國內外詩學大獎。由於寫作篇幅較多，長詩尤是，對我而言，一首詩完成甚耗時日，加上許多體例、技巧都嘗試過，已無新意，常為創作而寫，因此有意突破框框！唐詩宋詞原就是我寫作的養分來源，有一份親近感！加上音韻對音樂性有幫助，最初想借韻腳的熟悉來強化現代詩音樂性的不足，但寫了十數首仿古體；重韻腳，不求平仄對仗，另外則用嵌頭方式藏了題旨，竟亟受友朋的肯定與讚賞。心裡忐忑關卡一過，剩下的用詞遣句，意象捕捉、典故引用與字句鍛鍊便成新的難關與發揮空間。既押韻又嵌頭可謂難上加難，但對我而言，卻在挑戰中樂此不疲！

為了嵌頭的用詞精準，我則需上窮下落碧黃泉，搜盡枯腸找尋貼切的辭彙，詞意要通達，用字要妥適，這成了最佳腦力開發活動。

拜科技之賜，我們四五年級這一代極為幸運。上一代，滿腹才華，窮經皓首得一門學問，但不熟悉資訊科技而無法遍閱名山群書，但憑著博聞強記與驚人毅力而能完成少數著作而已。八〇年代後，因學植未固，懂科技不重文史、不重記誦、文史素養較薄弱，文字使用能力較吃力，腦海裡尋無關鍵字（人名、事件、典故、詩名、詞牌……），難以精確查詢各種百科類書(康熙字典，四庫全書，古今圖書，成語大辭典……)。我們這一代若願接受科技帶來檢索、查詢的便利，快速、精確，加上原有文史素養，很容易找到相關詞彙、典故、詩句或文章作為寫作或論文研究素材。因此，當我進入創作狀態中，基本上倚賴全文檢索資料庫頗重！

在自媒體的時代，資料庫查詢的威力與精準，自然不在話下；網路交友通訊軟體更是推波助瀾；只要作品一完成，檢查無誤，按鍵發送，瞬間可達數萬人的眼底，即便有誤，亦能即時更新二版、三版。不論在賴群、微信或臉書，很快甚至同時，就有讀者回應、按讚，表達看法或者相互唱和。如此有效的自媒體創作發表與出版發行都在指尖完成！這是我們父執輩所無法想像的！

因此，我每天因著各種活動感懷，創作一首接一首，受到社群朋友的佳評或唱和！

寫仿古體詩，題目二行，詩體八行，短註二行，十二行內完成一個頁面不到，輕薄短小，結合拍照攝影功能，形成圖文情景呼應！滲透力極強，持續為之，亟受群友注目。我曾對詩友說：因為智慧型手機操作方便，功能強大、齊全，促使我樂於在自媒體上創作并發表，因科技載具改變，也翻轉我的創作型態與習慣！創作就是要創新，新工具的運用有助創意思考法。

在政府機關、大學、企業教授「創新思考」、「變革管理」、「危機應變」、「策略行銷」……數十科目課程；知而言起而行，行動／實踐是檢驗真理的唯一標準！在短短不到兩年內，我運用各種通訊軟體功能；檢索、創作、傳播，儲者存；加入／退出群組，乃至於自建社群都如囊中取物，便利已極！

接下來，想解釋為什麼寫作題材包羅萬象，多元而豐富。這是各地評論家的看法也是福成兄本書中分析的課題之一。

因自己屬於「嚴謹與浪漫之間」的天秤座，能靜亦能動，靜時則讀書、思考、寫作或資料整理出版／發表，宅男一個；動則號召親朋故舊相互拜訪交流，茶酒雅敘、參與社團活動、演講、更多在不同機構、大學、企業作課程講授。我建構的幾個小企業，「大人物管理顧問」、「聯合百科電子出版」、「新王道人力資源」及籌組「台灣創意產業管理協會」，都在動靜之間辦理各種碩博學程、交流、參訪、論壇年會及業務推廣！接觸外界既多且廣，自然寫作素材琳瑯滿目、包羅萬象，捶手可得，不擇地皆可出。涉及產官學研、國家文官基礎訓練，升官等訓練、企管碩博士學程、企業委託訓練、行政部門委託案……。因為每一次活動或課程，我都希望撰成一首詩作為精華濃縮，也是對生命的省思及發抒。因此，此類施作，寫成現代詩或仿古體詩佔我創作極重要部份。

佛光大學中文系吳明興教授稱之為「講學詩」，他將以專書論述之。

此外有一類詩為福成書所未提到的。即賴群、微信或臉書中，常有群友轉PO好影片、好文章、好圖案，因饒富深意，觸動內心亦可啟發思考，我會加以寫成一首抒情詩附於文本之上，再轉寄給各群組或某固定人員，也佔了一小部分，這些詩句均為觸景即興而寫且圖文并茂！許多人轉寄圖文，卻沒看過沒消化即草率寄發！我希望以嵌頭詩方式來表達個人的見解與感懷，如此努力常獲致極熱烈回響！甚至自豪說：「凡經我首，皆成鑽石」，希望創造該圖文更高價值與點閱率！

感謝福成為這一年半日誌式的仿古體詩創作，費心撰成專書，讓時間序列的作品，各自找到不同的分類定位，讓隨筆即興的日記詩、講學詩、交遊詩……作有了新的詮釋與梳理，更是讓我有機會總結反思這些創作背後的動機，企圖與科技發展對創作者的影響。我離不開智慧手機的便利、人性與多功能；智慧手機也因我持續不懈地創作，在自己對自己、別人、群組，也產生正向能量的附加價值！或可托大地說：為人類的文明與文化作了具體而微的貢獻！

完成近六百首仿古體詩稿，倒不是我真正的目的。我希望作為一個實驗，我希望以如此多的詩稿素材，重新結合現代詩的筆法、意象與語境，發展既有規律、有韻味，確具現代氣息的新詩體，有我個人才情展演與稟賦風格，這是一個「打掉重鑄」的再生過程，可能又要勤思苦練，向更難處挑戰！

感謝福成給我機會與篇幅披露心中所思所想。謹以一首仿古體詩稿表示謝意！藏頭喜嵌〈讚陳福成妙筆生輝〉：

讚嘆胸羅千萬兵，陳辭辨理且多情；
福慧雙修得真知，成文化育各精明！
妙有空無滿斗星，筆落風騷神鬼驚，
生聚多時終一戰，輝映文采將軍令！

范揚松

企業管理博士，大人物知識管理集團董事長，國家文官學院，瑞士歐洲大學企管碩博士班教授，台灣創意產業管理協會創會理事長，有現代詩集六冊出版，管理相關著作二十餘冊發行，線上培訓課程近百門！持續致力於大型文史哲知識庫投資與建置。

第三章 讀陳福成教授新著

《嚴謹與浪漫之間——范揚松生涯轉折與文學風華》

吳明興

前言

陳福成教授（一九五二—）的第七十七部著作、第六部人物傳記《嚴謹與浪漫之間》，甫在民國一百零二年三月，由臺北文史哲出版社印行，忝為書中過場人物的我，與主人翁范揚松教授（一九五八—）詩誼相濡三十餘年，所以讀來備感受用。

陳教授以「嚴謹」概括成功企業家，名列《經濟日報》八大管理名師、《哈佛管理雜誌》百大管理名師錄的管理學者范揚松教授，待人任事及其敏於治學的態度，以「浪漫」概括已問世四部詩集，及一部正準備梓行的《聽・鼓聲響起》詩集藁，乃今仍不曾間斷的以任情意氣使才的詩人范揚松，著手成春的詩藝情懷，允宜是知人之作。

做為讓西夏人聞之悚慄，「胸中有數萬甲兵」的「小范老子」（註一），大宋參知政事，以「先天下之憂而憂，後天下之樂而樂」（註二），騰播千年後，仍教仁人君子聞言肅然起敬的儒將文學家范仲淹（九八九—一〇五二），在臺第三十一世的裔孫范揚松教授，不論是自礪精神，或蒼莽文采，都有乃祖之風。

本文僅就《嚴謹與浪漫之間》一書所及的范揚松教授管理學學術專業，與詩學中所蘊涵的部分詩思，略陳一管之見。

一、嚴謹的管理學學者范楊松教授

瑞士歐洲大學、北京大學 MBA & DBA（博士生導師）、考試院文官學院教授，美國萊頓大學企業管理博士范揚松，撰有管理學論文與相關實務的著作數十部，其要者有《中鋼各階層主管工作態度之研究》、《變革與持續創新》、《傳銷領導與組織倍增》、《尋找生涯策略馬》、《餐飲業管理制度大全》、《變革管理與個案分析》、《儒道法與戰略領導力：平衡計分卡設計與導人之應用》、《領導未來的 CEO：十二堂 EMBA 名師的管理必修課》、《創意人MBA必讀的七堂課》，以及會通管理學與詩學的系統理論《系統特性在現代詩詮釋與評論之應用》等。

誠如陳福成教授所指出：

沒有策畧性績效做為領導職能／行為的指引、校閱或評估，又怎能證明領導屬性有助於提生企業效能的呢？（註三）

陳福成教授從理論與實務面，揭顯范揚松教授所提出的「領導力＝屬性Ｘ績效」模式，必須具備策畧性、激勵性、實踐性、品德性等內聖外王的自我修煉特質，纔能從理論認知，與實踐效益兩個層面，在經營實務的操作，與效能的檢證上，體現出特具動態平衡效應的管理美學。

對動態平衡效應管理美學的理論型塑，是范揚松教授管理學學術長年探索、實踐、諦察，修訂、創造與昇華所總結出來的管理思想結晶，這從上述舉隅的書名中，便不難清楚的看出，范揚松教授的管理思想，是從工作態度這個基盤開展出來的，而其以系統理論為開展機制的核心，便是一系列可被具體運算的價值與操作概念，如領導、組織、制度、策畧(註四)、變革、創意、創新與永續經營等等。

就管理人的角色而言，管理人既是知識工作者，又是組織中以創進思維有序運籌制度的領頭羊（Bellwether），這說明了管理人必須具備充分的專業知識，與調控企業良性運轉的管理職能，以便為企業的生存開創經濟績效，並以既得的績效保證企業的永續持存，所以當代管理學大師，猶太裔美籍學者 Pete Ferdinand Druckcr（一九〇九－二〇〇五），在 The Practice of Managelnent 一書中，特別導人現代社會學之父德意志學者 Max Webcer（一八六四－一九二〇）的科層組織（Bureaucracy）概念，把 Management 的理論，上升到科學的高度，指出「管理階層的首要任務是管理企業」，而這在范揚松教授的管理思想中，則具體表現在《儒道法與戰畧領導力》的論述上，且將海東海西共時並置的現當代管理學術，通過個案分析，與中國貫時傳統中獨有的儒家王道思想與天人思想、道家道生萬物的太極學說與五行生克制化的陰陽原理、法家以法術勢為內涵的運籌學（Operations Research），同時以潛命題的方式，導人佛教特重悟性學習的智慧，而以全息（Holography）的觀念，將之轉化為「中道西術合璧太極文化思想與領導行為體系」，如此一來，也就沒有甚麼不可逆的障礙之牛，不在危機就是轉機的雙面刃下，被「道……進乎技矣」（註五）的管理庖丁，當體迎刃而解了。

也就是說，企業體做為現當代人類社會整體結構的一個主要機體，正是使管理從操作面上升到理論高度，而成為一門獨立學門管理學的理性知識場，而管理階層便是處在此一知識場頂端的知性工作者，並成為特定「企業文化」（註六）的推手，進而使特定的企業文化成為該企業在全球經濟體系中有效運作的「企業識別」（corporate Identity）是以范揚松教授在《領導統御：從管理者到領導人的高階思維》中，以創新思維，酌參美國管理學家 James C.collins（一九五八—）在 Good to Great：Why some companies make the leaP and others don't 一書中所指出的第五級領導人（level 5 leadership：level 5 executive）的觀點，以後出轉勝之勢，強調「卓越的領導人應該是」：

一、造鐘，而非報時：第五級領導人不會為了滿足自大的心理，讓公司變得非他不可，反而努力建立沒有他仍能正常運作的公司。

二、擁有強烈使命感：第五級領導人對於公司發展和公司所代表的意義懷抱雄心壯志，他們不是追求個人的成功，而是具有強烈的使命感。

三、不斷刺激進步：第五級領導人不斷刺激公司進步，以達成具體的績效和

成就，……（註七）

簡言之，范揚松教授的管理思想，包含了兩個根源性的思想底蘊：

一、對當代歐美管理學者所提出的管理理論，做出臺式的批判性改造與繼承，並一度以每年高達兩百多個場次的主題講座，把它全面性的傳播到改革開放後（1979）的中國大陸，至今不輟。

二、對中國傳統人文精神有選擇性的繼承，與取精用宏的創造性發揮，所以特別強調第五級領導人，在內聖外王的聖學思想上，必須具備謙卑內斂、擇善固執、果敢堅毅的性格，與為社會創造福社的美德。

總之，在管理學者范揚松教授的管理思想中，經過三十年博綜該練的修練（註八），已讓人們看到了以組織為對象而確立起來的管理科學的文化學（Kulturwissenschaft）與人文學（Humanities）轉向，而這種轉向的心理機轉（empathy），與詩人范揚松四十年來的文化詩學觀照與書寫，在其整體的思想體系中，不能說沒有一體兩面的內在聯繫，這從陳福成教授特別用「以詩傳道大量創作講學詩」為題立目的敘述可見一斑。

二、浪漫的文化詩藝家詩人范楊松

不論是哪一種屬性的知識，一旦被人們有意識的類型化，便會在不知不覺中，走上與個人經驗與直覺知為觀照前提的對立面，而逐步朝向抽象化、理論化、範型化轉移，並在最終以獨立學科（－ology）的限定型態，完全脫離獨具創造意謂的量浪漫主軸。

就詩創作在語言藝術的體現上來看，詩作品一旦成為亞流詩論家以後設理論染指的論述對象，便會斲喪詩人以詩性的詩心覺受，所不得不為之詠吟的浪漫情懷，所以清詞評家譚獻（1832-1901）在《復堂詞錄・序》有感而發的說：

作者之用心未必然，而讀者之用心未必不然。（註九）

這說明了論詩者，如無法像善體風人之旨的《毛詩・大序》的作者那樣，從「作者之死」（註十）的作品自身，去體達詩人「情動於中而形於言」（註十一）的動情因子，便有把詩的真實，以推論知（anumāna-Pramāna）的拙劣手法，給活生生絞殺之虞，無怪乎臨濟義玄（?-867）要以「當體即是」的現量（pratyaksa-pramāna）境，以臨機不容擬議的的大作喜，對學人當頭一棒說：

路逢劍客須呈劍，不是詩人莫獻詩！（註十二）

做為迭經七次重大人生阬坎坎陷過（註十三），並在世局的烈火中以身為劍體自我淬練過，終至以企業家與學者鳴世三十年的范揚松教授，詩齡比企業家與學者的身分還要來得長久，所以也是詩人的陳福成教授，在開筆撰寫《嚴謹與浪漫之間》的第一章，便以「范仲淹第三十一世裔孫范揚松」所創作的〈書生：致詩人范仲淹〉一詩破題，並在全書的結穴處，以〈請你讀我〉一詩壓卷，而在全書十五章之中，不論范揚松教授在人生的現實角色，轉換過怎樣的身分，都無不以與其身分相適應的范詩，做為詩人范揚松的生命真實來為之演繹。

歷來為范揚松的詩集，從各個面向寫序、寫評論的學者型詩人，自從二零零七年由聯合百科電子出版公司，出版范揚松第四冊詩集《尋找青春拼圖》後，便不乏其人，如前臺灣師範大學胡其德教授（一九五一—）的〈青春拼圖的背後——管窺揚松的詩心〉、西安外國語大學田惠剛教授的〈為生命鬪士喝彩〉，以及陳福成教授的〈桃李春風一杯酒〉與不慧的五萬言快論《詩人范揚松論》等等，若結集成書，定然可觀（註十四）。而這些評論，都能從一個側面彰顯出范詩豐繁的內涵與獨具范式詩藝的文采，並廣為學壇所悉。

問題是成長型的詩人范揚松，在詩的創作實踐上，每在登上一座峰頂之後，並不會久久的把自己杵在同一座山頭，或目無餘子的顧盼自雄、或自我耽湎的顧影自憐，總是以謙遜的衷懷，以悲憫蒼生的瀟灑身影，望著風光無限的險峰，朝「風景這邊獨好」（註十五）的山彙（group），繼續邁步挺進。於是從民國一百年清明節起，創造了一系列還未引起詩界青目的講學詩，但陳福成教授已經注意到，並在書中頻頻說及，希望引起「詩評家的注意」（註十六），如陳福成教授說：

揚松的培訓工作遍及全中國，他在北京、上海、四川、福建、廣東……講學，也寫了無數的「講學詩」，都是別具一格的現代詩作。（註十七）揚松每到一地講學、授課，除專授他的智慧知識外，也為各地特色寫詩發表，所以他也寫了許多「講學詩」。（註十八）類似這樣的講座，愈來愈多，除國內、大陸各省、香港，遠至各國，揚松到處講學，所以他也寫了很多「講學詩」，這是另一種浪漫主義吧！（註十九）多年來范揚松在兩岸、海外，至少數千場次講授，就是講這門企管必修課……但他到處講學，寫了很多「講學詩」。應邀單位層次很多，如總統府國安會、監察院、考試院、行政院所屬部會、縣市政府，他依單位性以詩載道，傳達他的批判與期望，這是臺灣現代詩壇中極少的寫作取材及表現方式。（註二十）

短短的兩年間，詩人范揚松創作了許多「講學詩」，已殺青的至少有三十首之多，此時詩藁全部在胡其德博士手上，準備撰寫評論中，而我此時所能看見的，除了《嚴謹與浪漫之間》一書所徵引的未刊藁之外，便是發表在今年《葡萄園》詩刊春季號的

〈北大講學〉與〈上海講學〉兩首，而我手上這一束作品，雖然衹有十二首，但衹要一首就已足夠我在這裏瞎子摸象了。

三、發皇民本思想的范式講學詩

荀子（三一三—二三八BC）繼孟子（三七二—二八九BC）的民貴君輕說（註二一），在〈哀公〉篇第三十一，引孔子（五五一—四七九BC）回答魯哀公（?-468BC）的話說：

> 君者，舟也；庶人者，水也。水則載舟，水則覆舟。（註二二）

盛宋文豪蘇東坡（一〇三七—一〇一一）亦在〈戲子由〉（蘇轍，一〇三九—一一一二）一詩說：

> 讀書萬卷不讀律，致君堯舜知無術。（註二三）

詩人范揚松則在對國府袞袞諸公講學時，以「近年則應聘考試院文官學院講座教授，持續為各級府院高級文官作課程或講演。值此危機四伏的不安年代裏，有一份憂心，亦有一份期待，至盼位居高位的各級官員以民為本，能困勉知之，篤實行之」為緣起，創作了四首使「聞之者足以戒」（註二四）的〈困勉講學詩〉。以下僅就第一首〈航向藍海－勉國家文官學院決策班官員〉，畧析詩人命意。

傳統企業為了在同質化市場飽和的絕境裏，搶佔生存的經濟先機，從二十世紀末葉開始，即不惜以自我放血與彼此割喉的削價策畧，在有限的國際市場上，敵我不明也不分的混沌布局中，以各懷鬼胎的心態，以不是你死便是我活的下下策，展開捉對廝殺的惡性競爭，而這就既是讓人聞之色變的紅海策畧（Competitive Strategy）（註二五），也是詩人筆下：

殺戮的紅海

相對於紅海策畧，便是法國歐洲商業管理學院（Institut Européen d’Administration

des Affaires）的金偉燦（W. Chan Kim）與莫伯尼（Renée Mauborgne）兩位教授，在二〇〇五年交由美國哈佛商學院（Harvard Business School）出版社出版的《藍海策畧》（Blue Ocean Strategy）一書所提出的「價值創新」（Value Innovation）策畧，也就是詩人筆下，疾呼「決策班官員」，以「知識的劍光」為指向，並立馬「快快啟航」而去的經濟「藍海」。

不同於惡性競爭的下下策，藍海策略便是「不靠競爭而取勝」（Winning by Not competing）的上上策，而創造新價值的六大方畧，則為市場疆界的改造、注重大局而非數字、超越現有需求、正確的策畧次序、排除重要組織的障礙、擬定執行策畧，並以提升和創造為主要內涵的新價值曲線（New Value Curve）觀念，從企業體內部來改造夕陽產業（Sunsetting Industry），所以詩人說，金融「海嘯」（華爾街海嘯，2008）的「狂囂聲」，終於「驚醒」了「歐美」資本「帝國」，自工業革命以來，掠奪與耗盡地球資源的「奢華夢」，而明白的向排排坐，坐在丈席下的「決策班官員」，指出「歐美」資本「帝國」，凡事都以謀取自家利益為第一優先考量的全球布局的經濟「防波堤已崩裂」，而這個紅海的大裂口，正是讓我們擺脫以消費端決定生產端生死的經濟奴役困局，並以文化創意產業，以知識工作職能，航向第四級產業（Quaternary sector of industry）的通道，祇要通過華爾街「爾虞我詐」的險隘，便能直奔早已先決策官員所知，而在有識之士的人民心中，開展有日的藍色瀚海。

一如民國九十六學年，我曾在育達商業大學（註二六）演講時所指出的，臺灣外移的夕陽產業，如不以創新價值的藍海思維，在經營觀念上從內部進行自我揚棄冷戰時期早已殭斃的舊模式，即使外移到第三世界國家與地區，而沿襲勞力密集的老方法運轉骨董機器，並以廉價的工薪，和就近掠奪第一級產業的生產資源來壓低成本，而試圖保住早已血肉模糊紅海市場，就算一時僥倖得逞，夕陽產業也不會在血汗工廠（**Sweatshop，Sweat factory**）中然突浴血重生，而莫名其妙變成黎明產業（**Daybreak Industry**）。

在同一思維的構架下，當臺灣面臨「驚醒歐美帝國奢華夢」的國際金融風暴、企業與人才在政府連經濟成長率「保三」、「保二」都保不住的慘叫聲中，臺灣自然要從亞洲經濟四小龍的龍頭地位，自行從一度創造舉世艷羨的經濟奇蹟的龍族行列中，夾著自宮後的尾巴銷聲匿跡。所以當心存遍地高學歷，卻找不到出路，而集體淪落成無以為生的青貧族的詩人范揚松，以國師的偉岸之姿，以策略專家的高度，站在「國家文官學院」的講席上，對著「決策班」的行政「官員」，語重心長的講授與「等因奉此」、「如擬准照」無關，但卻與全民生死存亡有關的〈航向藍海〉的藍海策略之後，心想這一批手握各級國政決策權的行政官僚，除了依各自的職掌如法行使職權之外，在面對國際自由貿易版圖瞬息萬變的商務戰場上，更要以宏觀的全球化視野，以積極因應變局的大作為，對內大刀闊斧的改造不合時宜的體制，對外制訂應變的靈活戰署，以便為高度依賴國際貿易持存國脈的臺灣，在以外貿為導向尋找活路的企業戰艦上，裝上適合藍海的全新羅盤，畫出安全的海圖，並指令企業戰艦衝出紅海航向藍海

當「知我者，謂我心憂」（註二七）的詩人范揚松，走下袞袞諸公眾目睽睽的講壇之後，仍不得不以其澎湃不已的心潮，一本「上以風化下，下以風刺上，主文而譎諫，言之者無罪，聞之者足以戒，故曰風」（註二八）的風人之旨，與「文章合為時而著，歌詩合為事而作」（註二九）的經世之意，冀望「爾俸爾祿」，受饗「民脂民膏」（註三〇）的決策官員們，能以大眼光、大作為、大魄力的全新思維與膽識，為陷在國際貿易紅海戰場中進退維艱已久的臺灣企業戰艦，提出極具戰略性的大判斷、大決策，以便航向清楚的衝出長期為歐美資本帝國所操弄與壟斷的國際貿易格局，因此，詩人不得不在紅海與藍海一旦折衝到一處的「三叉歧路」上，在「每個轉折與險巇」處，豎起破舊立新的航標，以「精算」國際經濟「潮汐漲落」的新契機，為一度把臺灣企業從內部困在紅海中送死的決策「神靈」，徹底從舊海圖上除魅（Entzauberung）。因為要改善既定思維所制約的心理定勢，打破凡事都要牽一髮而動全身的踢皮球把式，並把因循於既得利益的苟且態度，從腐水已死的爛泥塘中，將敷衍了事以致應變無方的鈍化決策給徹底扭轉過來，豈是容易的事？是以詩人以悲切之心：

至盼位居高位的各級官員以民為本，能困勉知之，篤實行之。

結語

我與陳福成教授的看法一致，認為范揚松的講學詩，合當引起「詩評家的注意」，我在這裏衹是舉其一端，以見其先見性，並深心蘄願詩學學壇方家，能以科際會通的整全之思，以融詩學、文藝學、管理學、商學、行政學、社會學諸研究於一爐的方法論，來為這一組范詩消文釋義，並將其思想從含蓄的詩句中給解放出來！

民國一〇二年七月七日抗倭戰爭
七十七週年紀念日寫於雲端華城

註釋

一　明・楊慎（一四八八—一五五九）撰，《升庵集》，卷四十七〈大范小范〉，文淵閣鈔本《欽定四庫全書》，葉32b。

二　宋・范仲淹撰，《范文正集》，卷七，〈岳陽樓記〉，文淵閣鈔本《欽定四庫全書》，葉5b。

三　陳福成著，《嚴謹與浪漫之間》，臺北，文史哲出版社，民一〇二，頁265。

四　大陸的專用術語叫作「戰畧」。

五　戰國・宋・莊周（三六九?—二八六BC）著，〈養生主〉，清・郭慶藩（一八四四—一八九六）集釋，《莊子集釋》，臺北，河洛圖書出版社臺景印三版，民六三，頁117-9。

六 ，Corporate Culture，.Allan A. Kennedy，1982.

七 陳福成著，《嚴謹與浪漫之間》，臺北，文史哲出版社，民一〇二，頁266。

八 see to Peter M. Sengel（九四七—）, The Fifth Dicipline-The art and Practice of the Learning Organization，1990.

九 唐圭璋（一九〇一—一九九〇）主編，《詞話叢編》，第四冊，北京，中華書局，二〇〇五，頁3987。

十 ，The death of the author，.Roland Barthes（一九一五—一九八〇）

十一 《毛詩・大序》，具云：「詩者，志之所之也，在心為志，發言為詩，情動於中而形於言，言之不足，故嗟歎之，嗟歎之不足，故詠歌之，詠歌之不足，不知手之舞之足之蹈之也。」張少康、盧永璘編選，《先秦兩漢文論選》，北京，人民文學出版社，一九九九，頁343。

十二 唐・慧然集，《鎮州臨濟慧照禪師語錄・行錄》，《大正藏》第四十七冊，臺北，傳正有限公司出版，二〇〇一，頁506b。

十三 范揚松教授口述，自敘文稾撰述中。

十四 在《尋找青春拼圖》出版之前，祇有政治大學中文系李豐楙教授（一九四七—）的萬言長論〈嚴謹與浪漫——范揚松詩兩種面向的合一〉，楊宗翰主編，《竹塹文獻雜誌》，第22期，財團法人新竹市文化基金會，民九一，頁77-87。

十五 毛澤東（一八九三—一九七六）著，〈清平樂・會昌・一九三四年夏〉，劉濟昆編，《毛澤東詩詞全集》，臺北，海風出版社有限公司，民八一，頁100。

十六 陳福成著，《嚴謹與浪漫之間》，臺北，文史哲出版社，民一〇二，頁182。

十七 陳福成著，《嚴謹與浪漫之間》，臺北，文史哲出版社，民一〇二，頁143-4。

十八 陳福成著，《嚴謹與浪漫之間》，臺北，文史哲出版社，民一〇二，頁152。

十九 陳福成著，《嚴謹與浪漫之間》，臺北，文史哲出版社，民一〇二，頁180。

二十　陳福成著，《嚴謹與浪漫之間》，臺北，文史哲出版社，民一〇二，頁269-270。

二一　戰國・鄒・孟軻（三七二—二八九BC）著，《孟子・盡心下》，具云：「民為貴，社稷次之，君為輕。」吳樹平等點校，標點本《十三經》，下冊，臺北，曉園出版社有限公司，一九九四，頁2271。

二二　梁啟雄著，《荀子柬釋》，臺北，河洛圖書出版社臺景印初版，民六三，頁403。

二三　宋・蘇軾著，清・馮應榴（一七四一—一八〇一）輯注，黃任軻、朱懷春點校，《蘇軾詩集合注》，上冊，上海古籍出版社，二〇〇一，頁296-7。

二四　《毛詩・大序》，張少康、盧永璘編選，《先秦兩漢文論選》，北京，人民文學出版社，一九九四，頁344。

二五　參見〔美〕邁克爾・波特（Michael Porter）著，陳小悅譯，《競爭戰畧——波特競爭三部曲之一》，北京，華夏出版社，二〇〇五。

二六　民國一〇二年易名為科技大學

二七　《詩經・國風・王風・黍離》，具云：「行邁靡靡，中心搖搖。知我者，謂我心憂，不知我者，謂我何求。悠悠蒼天，此何人哉！」吳樹平等點校，標點本《十三經》，上冊，臺北，曉園出版社有限公司，一九九四，頁248。

二八　《毛詩・大序》，張少康、盧永璘編選，《先秦兩漢文論選》，北京，人民文學出版社，一九九九，頁344。

二九　唐・白香山（七七二—八四六）著，〈與元九書〉，朱金城（一九二二—二〇一一）箋注，《白居易集校箋》，第五冊，上海古籍出版社，二〇〇八，頁2792。

三〇　後蜀・睿文英武仁聖明孝皇帝孟昶（九一九—九六五）著，〈官箴〉（〈戒石銘〉），具云：「下民易虐，上天難欺。……爾俸爾祿，民膏民脂。」宋，張唐英（一〇二—一〇七一）著，《蜀檮杌》，卷下，文淵閣鈔本《欽定四庫全書》，葉7a。

吳明興

吳明興，民國四十七年八月四日，生於臺灣省臺中市，祖籍福建省南靖鄉。

學歷：國立空中大學人文學士，南華大學宗教學研究所碩士，佛光大學文學研究所博士、湖南中醫藥大學醫學博士、白聖佛教學院佛教學系研究部研究。

文化工作資歷：曾任《葡萄園》詩刊主編、腳印詩刊社同仁、象群詩社社長、《四度空間》詩刊編委、《曼陀羅》詩刊編委、臺北青年畫會藝術顧問、《妙華》佛刊撰述委員、曼陀羅現代詩學研究會副會長、香港文學世界作家詩人聯誼會會員、香港當代詩學會會員、江蘇《火帆》詩刊名譽成員、湖南《校園詩歌報》副主編、黑龍江哈爾濱出版社編委、湖南省《意味》詩刊編委、中國散文詩研究會常務理事、圓明出版社總編輯、華梵大學原泉出版社總編輯、如來出版社總編輯、中華大乘佛學總編輯、昭明出版社總編輯、雲龍出版社總編輯、知書房出版社總編輯、米娜貝爾出版社總編輯、慧明出版集團總經理兼總編輯、湖南中醫藥大學附屬醫院醫師、育達科技大學應用中文系、玄奘大學中國語文學系教師、主講「東西文化」、「應用文」、「中國現代詩」、「中國現代小說」、「中國現代文學史」諸教程。現任瑞士歐洲大學教授、法鼓佛教學院佛教學系助理教授，主講「華嚴學」、「天臺學」、「大學國文」、「第四級產業」諸教程。

文化工作成果：親自「審、編、讀、校、刪、訂、考、潤」出版的叢書有《般若文庫》、《生活禪話叢書》、《薩迦叢書》、《花園叢書》、《密乘法海叢書》、《根本智慧叢書》、《曲肱齋全集》、《流光集叢書》、《大乘叢書》、《昭明文史叢書》、《昭明文藝叢書》、《昭明心理叢書》、《昭明名著叢書》、《頂尖人物叢書》、《科學人文叢書》、《雲龍叢刊》、《佛學叢書》、

《famous 叢書》、《全球政經叢書》、《佛洛伊德文集叢書》、《經典叢書》、《人與自然叢書》、《創造叢書》、《新月譯叢》、《花園文庫》、《春秋文庫》等，已出版者凡四百餘種，發行達百餘萬冊。

寫作成果：撰有散文詩百餘篇、創作詩數千首，已在海內外將近三百種報刊、雜誌發表大量創作。並著有學術論文《蘇軾佛教文學研究》、《延黃消心痛膠囊對集性心肌梗死模型大鼠抗心肌細胞凋亡作用機理的研究》、《天臺圓教十乘觀法之研究》、《詩人范揚松論》、〈天臺智顗學統研究〉、〈文學與文學出版品傳播通路在臺灣的出版現象綜論－以二十世紀最後十五年為考察範圍〉、〈華美整飭的樂章－論高準〈中國萬歲交響曲〉〉、〈鋤頭書寫－閱讀陳冠學《田園之秋》〉、〈鋤頭寫書寫的佛教語境－再閱讀陳冠學《田園之秋》〉、〈北宋文學思潮的佛學根源導論〉、〈從古典化裁序論新詩集《聖摩爾的黃昏》〉等，凡百餘萬言。名列瀋陽出版社版《臺港澳暨海外華文新詩大辭典》、北京學苑版《中國現代抒情名詩鑑賞大辭典》、河南中州古籍版《古今中外朦朧詩鑑賞大辭典》、湖南文藝版《當代臺灣詩萃》與《散文詩精選》、臺北九歌版《中華現代文學大系》、臺北幼獅版《幼詩文藝四十年大系》、臺北，正中書局版《中國新詩淵藪：中國現代詩人與詩作》、天津人民版《中國文學家大辭典》、四川西南師範大學中國新詩研究所《1996 年卷中國詩歌年鑑》、廣州教育出版社版《二十世紀中國新詩分類鑑賞大系》、北京中國文聯版《地球村的詩報告》等。作品已被選入百餘種文選、詩選、年度選，並被香港中文大學譯成英文，省立臺灣美術館製成畫展海報、在新加坡被譜成歌曲，且出版有個人詩集《蓬草心情》。

曾獲獎項：全國優秀青年詩人獎、第三屆詩萃獎、中國散文詩評選二等獎、甘肅馬年建材盃新詩特別榮譽獎。

第四章 讀陳福成《囚徒》感悟

——被囚自由解脫三部曲

方飛白

一、緣起

認識陳福成兄，是因范兄楊松的文學因緣。至今，也有十多年之久。多年來，我們有定期的聚會模式，不外詩酒創作等。

由於大家常有聚會，吃喝飲酒之際，當然，天南地北話天下事，談心裏事，無所不談，不只聽友人談陳兄，陳兄也說不少自己的事，從其眾多大著作中，也看到陳兄的文風與性格，從其舉止言語之間，也感受到陳兄的情感與性情。總之，十多年來，對他有一些整體式的認識與理解。我個人大體上，歸結為下列數點：

1為革命生，為革命死

想當年。他仍「熱血青年」，在「反攻大業」的偉大號召下，投入黃埔行列，一心為反共大業，貢獻青春與生命，雖反攻不成，其熱情可歌可泣，至死不悔也。

2春秋大義，堅信不移

他熟讀歷史，深入古籍，堅信中國歷史千秋大義，不僅過去五千年如此，未來，中國也必定要在此「康莊大道」，繼續延續下去，並足以此大義而立於世界之林中，百世而不滅也！

3愛妻愛家，至死無憾

除了去外島服役，為國奉獻之外。他數十年，守護家庭，從一而終，為家而活，並培育出優秀的醫生兒子，且詩才出眾，文武雙全，誠模範老公與父親也！

4努力著書，已近百本

他苦學不斷，著作不停，從早期軍事方面寫書，之後，在進攻文藝方面著作，小說，散文，詩詞各領域，皆有著作出版，涉獵之深廣，非常人所能達到，可見其努力與精進，令人感佩不已！

5爲了文藝，貢獻心力

他不只著作不斷，並且，參與不少文藝活動，加入詩團，不只貢獻心力，且常有捐助，進而書寫不少詩友歷史，例如，為范揚松、一信、胡爾泰、葉莎等等寫傳記，詩評等等，無法盡述於此。

6皈依佛門，貢獻衆生

前半生，為革命，為家庭奮鬥。退休之後，努力文藝，著書不斷。思索人生，為何而活？心有所悟，乃誠心皈依佛門，奉獻心力，身為居士，常做義工。可見其境界，不斷提升，不斷精進之中！

以上數點，可見其一生的大致過程，和心路歷程之轉折。個人認為，必須大致了解他這些背景，才比較容易進入其長詩《徒囚》的內心世界也！

二、人生起點，就是被囚之身

人之初，在母體之內，很具體呈現出人是「被囚」之胎兒，受限於母體諸種狀況。

出生之後，又受限於家庭，環境之影響，又受限於教育，交友等等複雜狀況。

陳兄曾自言，受長輩之教誨，故不愛錢財與經商之道，獨擇革命救國之大業，應該說這大方向，形成他一生的人格特質與志業的選擇。

我所謂的「被囚」，並無好壞是非的判斷，長輩與教育的影響，固然佔一部分，陳兄個人內心的選擇也應佔一部分。

反正，這條路就是「不歸路」，一走到底，從前線走到後方，最後在台大任教官，全部奉獻在軍旅生活之中！

軍旅生活，當然有不少限制，有些時候是「沒有自由」的，有些事不能做，也不能言，相信「被囚」的意念，必然在他的內心之中隱隱出現。（但，不知是否有隱隱作痛之感？）台灣是個島，本身就有「囚」的味道。而到金門、馬祖服役，「囚」的意象當然更為深刻，內心的感受，囚身在軍中，「囚」的感覺必然深刻！！陳兄為正規黃埔軍人，「一入深似海」，只能「一囚到底」！！

軍中，到底是比較嚴格的，有不少人受不了，透過許多「花招」，就是要逃離。大家都聽過吧！有些人在前線亂開槍，有些人裝瘋子，有些人乾脆逃兵，花樣百出！！

因而，長詩《囚徒》，有這些句子：

「我知道，星星月亮太陽也想逃

逃離這座監獄

這座監獄
不適人居
越獄，是一齣恆常演出的傳奇悲喜劇」

「是命中註定的
要當囚徒、當奴臣
尤其是當這座監獄的囚徒、奴臣
定是累世逃不掉的因果」

我相信，陳兄在數十年軍旅生活中，看到許許多多視軍營為監獄的故事，尤其，在金門、馬祖外島的「血淋淋」事件！！

三、情愛與家庭的「囚牢」

我必須說明，此地所說「囚牢」，並不是因囚犯而入獄的「囚牢」。

正如愛情為你戴上「皇冠」，愛有時也為你披上「滿身的荊棘」啊！

充滿蜜糖的愛，有時也會是「沉重的負擔」！陳兄，他並未言家是個「囚牢」，我只是個人認為，家庭也是一種限制。歷史上不少人為了「求道」，必須「出家」，即使已經有太太有兒女，還是必須「脫離家庭」，割去親情，貴如佛陀尊者，照樣必須離家修行，才能成就道業。

所幸，陳兄雖皈依佛門，目前，只是「居士」身份。限制較為寬鬆。「家」即使是一點「小礙」，不會是「牢獄」吧！

古語言「英雄本色」，又與黑猩猩、大猩猩類似的人類，終必也難逃「美人關」。中外歷史，許多大人物，尤其男性，都在「美人關」中表演不少好戲、大戲，不論喜劇、悲劇，也都是熱鬧非凡。不少在有妻室兒女的「牢」中男女（例如孫文、蔣介石、毛澤東、張學良等等），也都還為情為愛，花招百出，為愛可生可死，奮戰不已，甚至丟了生命也在所不惜！可見愛情力量之偉大！

總之，這種為情為愛的「偉業」中，「家庭兒女」對他們就是「囚牢」。

相信，偶爾，陳兄也會有「思凡」的時刻，因此，我們在他詩中，也看到這類「愛的追尋」：

「是甚麼因緣？
禁錮千百年的囚徒
突穿獄卒的管控
成為一岳之山主
在這山腳下交會
與妳一親芳澤」

「那年越獄
偶然碰到妳
開葷了
那夜，大塊吃肉，小口飲酒
澈悟
妳是我的人間煙火
不吃不行」

「戀情
解放禁錮囚徒一生的

這一刻我彷彿在星空愛河中
裸泳」

「最重要的
在野的世界，一切皆野
沒有圍牆、沒有獄卒、沒有情治監視
更沒有女典獄長」

看來，在「囚牢」向外面看，是多彩多色的世界，令人神往！！
最後，他乾脆，痛下決心，心中一橫

「我寧願成為一株野花
種子隨風
飄成一個自由的背包客
飄走世界各地」

當然，依現實來看，上列只是陳兄「精神出軌」的「胡思亂想」，偶爾調整一下
精神狀況罷了！！他不會「不安於室」的！

即使他看到不少友人，想突破「圍城」，想「離家出走」，想「離婚」、「越獄」，他也都是「勸和不勸離」，以免發生「社會事件」。可見，他內心深處，仍然支持「一夫一妻」制，以維持善良風俗和社會穩定，這是革命軍人應表現的「典範」也！

但是，偶爾「精神放風」一下，並不違法！

「愛的牢獄」，就談到此為止！

並盼陳兄「精神戀愛」一樣非常「出色」！

四、政治意涵，非常強烈

一生搞革命，搞反共。當然，陳兄，對於搞臺獨獨臺的份子，異常痛恨！時時想除之而後快。不論在其小說、詩作中的表達，皆是痛快淋漓，不留活口，不退一步的。

這方面，我個人認為「歷史是永無休止的爭論」，歷史很難有定論。風雲之變色，也難預料。誰知老蔣的「漢賊不兩立」，到阿輝口中，變成「特殊國與國」，甚至「兩國論」，而到今日的國民黨，竟變成「同屬一中」，而「一中各表」，也有變成「一中同表」的論述，還有「兩岸一家親」等等。

歷史上，也曾有「和談」、「合作」等等事實，但最後會如何？誰能預料？？不論是非，每人各有立場，陳兄顏色鮮明，故長詩中，如暴風雨，時有批評阿輝、阿扁的句子，例如：

「某倭寇與娼傭發生姦情
但傳言是強姦
生下一隻綠色異形最初的孽種」

「一隻狷狗
每天獐頭鼠目，獠牙狂嗥
說要另立乾坤」
「能吃的盡量吃，能撈的盡量撈」
「不斷反胃和嘔吐
————
零零星星又吐了一些出來」

除外，也追殺其他「附隨人員」，例如：

「那些駙馬非馬及禽獸等類」
「快速演化的蟑螂」
「別小看她瘦弱不便
她那貪婪的胃口大過演化史上的一切物種」
總而言之，這群綠色物種、變種們，他判定他們胡搞亂搞：
「五鬼搬運、移山倒海、明搶暗偷
還把吃剩的偷偷藏在地球各角落
光是在海角就有七億」
大批綠林大盜知後，行有餘力，反身大刀一揮，陳兄也不忘「殺馬一刀」：
「另一種也叫「馬」的生物開創新紀元
————
公堂之上一群群吃相難看的蟑螂
有以進化成豬、成恐龍

才又一隻隻回復原形
——————
帶有藍色皮毛的小馬
為完成先祖
齊家治國平天下之大業
終日
忙忙茫茫盲盲盲
——————
小馬終於只剩半條命
與綠色異形共亡了」

陳兄的利刀，右砍綠，左殺「藍色馬」，刀刀見血，處處入骨，看了藍綠對殺，胡天胡地胡亂搞數十年，最後，陳兄下了結論，「這是甚麼鬼世界？」

由上論述來看，陳兄以革命軍人的高度，以史家看天下的高論，他永遠和人民站在同一立場論那幫那派，賊就是賊，貪就是貪，無能就是無能，陳兄全部六親不認，全部翻出來，大加撻伐怒罵！！不亦快哉！

然而一介平民，手無寸鐵，只剩筆桿，陳兄早已自軍旅退休，成為「一介草民」，無能搞「武裝革命」，否則，也許，他會效法革命先烈，搞「政變」，也未可知！

即使如此無力，即使「身心被囚」，在可能狀況之下，陳兄依然不斷以筆為劍，以身為槍，參與各種不公不義的活動，並筆之於書，筆之於詩，盼望人民、國家有出頭天之一日！！不再「被囚」！！

五、不思善惡，修行昇華

陳兄，看盡天下的混亂，追求名利各路人馬的醜態與惡行之後，他無奈之餘，只有自己「轉念」，並轉身一問：「道在哪裡？」。大哉問！

古今中外大人物追尋的「道」，是啥？又在那裡？不同世代的菁英們，向不同方向去追尋！

老子，找半天，只說：「道可道，非常道」。

莊子認為屎中亦有道存在。某些宗教，找不到，只有歸給「上帝」處理。而諸多科學家，不斷研究，想找到「上帝的粒子」。可說上天九地，各說各話，各有說法，也各有發現不同大大小小的「真理」、「真相」！！

陳兄，認為的道呢？似乎，他最後找到兩條路，一是「以詩修行」，另一為「依佛修行」。他以最為寬容的大肚，如此說：

「我決心在獄中修行
雖然，我知道
外面還有許多的綠色異形
狼犬、鱷魚、蟑螂、鬼類等等
我決心放下他們」

他的思維與行動，將會是如此：

1向瘋子致敬。
2向仇人致敬。
3找佛禪坐修行。

他確實，因此，歸入佛門，時時夜讀《金剛經》，不斷禪坐，時常赴山做義工，貢獻心力，從自修到外在的奉獻，努力精進，從他過去在革命道上的盡忠，在文藝壇中的努力，在家庭生活裏的盡心，吾人可預知，他在佛門修行中，也必定會有成果與修為。

六、讚嘆與期盼

從陳兄的生命旅程與轉折，從他長詩〈囚徒〉可以對照我前面各段落的陳述（不少是我個人主觀的判斷與見解），兩者可以互相參照與印證，時常可以看到思想與行為的正反合過程，因此，我才會有（被囚）、（自囚）、（昇華）三部曲的感悟，也許，正是陳兄長詩（囚徒）漫漫人生路的過程吧？？

另外，針對陳兄有此大氣魄，寫出如此長詩五千五百行，個人只能大讚一聲，其精神與毅力，不是常人所及也！是寫詩歷程的「大收穫」之作！！不過，所謂「尺有所短，寸有所長」。長詩雖可以細細說明各主題，終歸「詩不是散文」，必然，有不少地方，無法顧及詩意，詩韻之處，不少行文，流於「散文化」，雖流暢如瀑布萬丈，看來不太像詩的語言。這是我「愛之深，責之切」的直言。也許，陳兄再思考，再精鍊，未來有機會，再「精鍊文字」一番，再「修改」、「去掉枝節」、「滅掉重複」，說不定可以有「新版囚徒」，也未可知，此其一。

另外，「囚徒」之意，尚是人在囚中。雖陳兄有志於「道」，終歸，尚未「百鍊成鋼」，尚未成為「得道高僧」，尚未「功德圓滿」，並且，「人生七十才開始」。陳兄，年尚精壯，必然前途光明可期，故另一期盼，乃是忘卻「囚徒」階段，迎向更廣闊的佛道，必可開創「另一片天空」，未來，可以在「修行」、「得道」、「昇華」這些真實的修為中，有所建樹與成就！那時候，再寫出來的長詩就不再是「囚徒」的黑暗面，而是充滿新生與光明的「大究竟」、「大圓滿」！！吾衷心期盼之！！

方飛白

方飛白，本名方清滿，臺灣省澎湖縣人，一九五八年四月二十七日生。政大阿文系畢業，曾任職中鼎公司，在阿拉伯各國工作數十年。著有詩集《青春路歸何處》、《紅海飄泊紅玫瑰》、《阿拉伯的天空》等，為浪漫才子型詩人。

第五章　讀陳福成著《賞讀范揚松仿古體詩》有感

——江湖悲白髮，詩酒醉紅顏

方飛白

一、從現代詩返回古體詩

揚松兄，早年即以現代詩大大聞名，並且，因而得到不少大獎，這些「光輝歷史」，在福成兄，明興兄大作中，已經細說過了！

近年，由於揚松兄與詩友，企業界友人來往交流，又寫了不少「藏頭詩」，「古體詩」，他自已熱情猛寫，大家也唱和之，鼓勵之！

至今，至少已有六百多首詩作，范兄原本排些與「紅顏」相關之作，請大家評論之。但是，「快手福成」，在近日聚會中，突然拿出他已出版的《賞析范揚松仿古體詩》。

並請文友再寫點文章，加到他的書中，使此書更為完整，更添色彩！再重新出版！

首先，個人意見，范兄之詩作，就是「古體詩」，故不必言是「仿」。李白，當年就不斷提倡「古風」，自己更創作不少古體詩，如「蜀道難」、「將進酒」等名作。他也認為創作，不應拘束於押韻，字句長短，他的作品，就是最佳證明！不必自己綁手綁腳，身穿西裝，跳「踢死狗」，總感覺不自在也！也可說，當年李白所創作的，根本就是唐朝的「現代詩」也！

我非常認同福成兄的論述，不論何種詩的形式與體裁，重要的是引起讀者的共鳴與感動！

揚松，在現代詩的表現，極為成功，也就是能引起大家的感動。近年的「古體詩」也如此，雖形式改了，初心用心未改，因此，寫出的詩作，亦有可觀之處，並且，在文字運用上，更為典雅、精鍊、工整，可見其專注與熱誠！

二、先說說江湖的險惡

李商隱的《安定城樓》有名句：「永憶江湖歸白髮，欲回天地入扁舟」。大家都很熟悉，春秋越國范蠡的故事，當他幫助勾踐消滅吳國之後，就與西施，一葉扁舟，退隱去了，放浪江湖之上，成為一種「典範」，也是不少文人嚮往的「境界」！從古到今，文人有說不盡的傳奇故事，成為文壇佳話。

雖然，吾輩都已在六十歲左右了，但是，仍然未到真正「退隱山林」的時候，因此，我題目就不用「歸」字，而因人間艱困改為「悲」字。

這與揚松的一生，極為相關，因為，在他起伏人生，意外走入江湖數十年，個人與公司，都遇到不少危機與痛苦，因此，到目前為止，仍在江湖行走，想來不得不「悲」一下，這是我用「江湖悲白髮」之意。再進一步看，不只「白髮」，甚至於快「無髮」了，可見揚松，在人生過程中，用了多少心力，不僅生過大病，甚至到「無髮」的境地了！

所幸，因著他的堅持、毅力、能力，終於能「年關難過年年過」，到目前，已經有「輕舟已過萬重山」的快意與平穩。

經歷人生起伏，看盡人世的險惡，揚松依然保存一顆年輕的心，相信，人間依然有美好的「四月天」，因此，他依然廣交天下精英，其間，仍然不免「看走眼」，被某些人詐騙錢財與感情。不過，大部份友人都是善良而熱情的！他也有遇到生命中的「貴人」。

因此，我就有「詩酒醉紅顏」的下一句。福成兄，曾言，我們的聚會是「平台」、「舞台」等等。我也提過文藝聚會，有如紅樓夢中十二金釵的「賽詩會」（也許十二金釵，來自「蕉園五子」、「蕉園七子」之合）等等。不論如何，我們的聚會必然不缺詩、酒與紅顏！因此也可名之為「詩酒會」！

眾人皆知，江湖險惡，充滿看得見的「陽謀」，和看不見的「暗箭」。大家皆知「三十六計」，也許，大家可用來對付別人，但是，別人也可能隨時用計設局來謀害你，千萬小心！

另也有人說：「紅樓亦江湖」，即使在樓中，在自家的庭院中，有時雖不見得像江湖上「人心險惡」，但有時也會「後院失火」，也必須時時刻刻小心處理。雖不見得是「有心」、「故意」的。然而，人近中年，個性已定，要改變不容易，意見相左，思想不一，星星之火，有時也會燒成大災禍！不得不謹慎，盼眾文友，一切以理性處事，大事必可化小，平安喜樂過日子！

前言之「江湖」，大都是「對外」的複雜關係，尤其，是在中國，甚至，面臨詐騙，和生死的危機。所幸，范兄皆能安然度過。

其次，再言「內憂」方面。

吾輩皆已年近六十歲。在感情、家庭生活上也都「閱人多矣」。愛情方面，由於詩人多情，多多少少，有紅顏知己，情海起波瀾的情事發生，有些是「逢場做戲」，皆可輕輕放下，有些則變為巨浪，不可不細心處理。幸好，大都數友人皆可以理智判斷，並且理性地，平和地處理。即使到必須「斷交」的地步，相互之間，依然是「夥伴」、「朋友」的關係！

至於，是不是「舉杯澆愁愁更愁」，則看各人的修為如何，造化如何了！

所謂「人生七十才開始」，六十歲仍不太晚也。我二哥六十歲「才離婚」，重啟另一段人生的旅程。想必不只「有失」，也會「有得」吧！用以和眾友互勉之！人生，任何時候「起步」，都不會太晚。

三、再談談二十年詩酒雅聚

中國飲酒文化，淵源流長。恐怕至少可上推五千年之久。

從君王、文士，到尋常百姓，皆有飲酒習慣，許多節日、場合，也都必備美酒增添氣氛與熱鬧。五千年來更開發出許多種類不同的美酒。可謂是「美酒百味，人生千愁」。

尤其文人雅聚，可謂「無酒不歡」，李白更是「斗酒詩百篇」，酒，不只是助興催情，更是引發文人詩情最佳的媒介。

不過，凡事過度，必招來負面效果。酒，正面，有益精神與健康。酒，也有負面效果，例如：「借酒裝瘋」、「借酒殺人」（有名的項羽鴻門，就幾乎要砍掉劉邦的腦袋！南美的印加帝國是一場鴻門宴消滅的！）

正面來看，酒，確實激發古今文人詩興，簡引事例如下：

據統計，李白全部詩作品，與酒有相關連的，至少有一七〇首之多。而杜甫，雖然並不是「酒仙」、「酒鬼」，卻寫了更多與酒相關的詩作，至少有三百首之多。可見，舊時文人真的是「無酒不歡」也！

因此，李白好酒，被美稱為「酒中仙」。而杜甫知酒，也寫下「酒中八仙人」佳作，皆成為文壇千古佳話！

唐末的皮日休，更深入，寫了〈酒中十首〉，他好友陸龜蒙也（奉和）他十首詩作，皆知酒極深之詩人也，可見酒在文人唱和、聚會時，有著重要的地位！

白居易的「琵琶行」，在「舉酒欲飲無管絃」之際，「忽聞水上琵琶聲」，尋聲找到「琵琶女」，在添酒重開宴，並各述身世時，各感經歷之相似淒涼，因而「江州司馬青衫濕」，因而創作了千古名作「琵琶行」，也拜酒之牽引也！

李白詩中，與酒相關的名句不少，例如，〈行路難〉：

〈行路難〉（其一）

金樽清酒斗十千，玉盤珍羞直萬錢。停杯投箸不能食，拔劍四顧心茫然。
欲渡黃河冰塞川，將登太行雪滿山。閒來垂釣碧溪上，忽復乘舟夢日邊。
行路難，行路難，多歧路，今安在。長風破浪會有時，直掛雲帆濟滄海。

上詩，寫出李白的「四顧心茫然」！可知，世上多苦難！

又如，〈將進酒〉：

君不見黃河之水天上來，奔流到海不復回。
君不見高堂明鏡悲白髮，朝如青絲暮成雪。
人生得意須盡歡，莫使金樽空對月。天生我材必有用。千金散盡還復來。

烹羊宰牛且為樂，會須一飲三百杯。岑夫子，丹丘生，將進酒，杯莫停。

與君歌一曲，請君為我傾耳聽。

鐘鼓饌玉不足貴，但願長醉不願醒。古來聖賢皆寂寞，唯有飲者留其名。

陳王昔時宴平樂，斗酒十千恣歡謔。主人何為言少錢，徑須沽取對君酌。

五花馬，千金裘，呼兒將出換美酒，與爾同銷萬古愁。

寫出李白晚年淒涼的「悲白髮」與「萬古愁」！

杜甫在詩作中，也常有「豪飲」之描寫，例如，在其自傳體的「壯遊」詩中，他寫道：

往昔十四五，出遊翰墨場。斯文崔魏徒，以我似班揚。

七齡思即壯，開口詠鳳凰。九齡書大字，有作成一囊。

性豪業嗜酒，嫉惡懷剛腸。

很忠實地說出自己「嗜酒」的真性情，可以想見，當時，他與友人高談論，大口吃肉，大碗喝酒的豪邁本色！

又如佳句「飲酣視八極，俗物多茫茫」。一方面，表現出酒後，雄視天下之豪氣，同時又表現他「傲才傲物」的自負本性，似乎天下人皆「俗物」、「俗人」。惟有他一人是大丈夫，英雄漢，這當然，「有點太超過」，有點「自大狂」、「大頭症」，這個性，似乎也影響他的命運！

男人醉後，自吹天下第一英雄好漢，天下第一俠客皆可以，反正，吹牛從古至今，皆不犯法！

但是，過度自信，自負的結果，通常會得到不太好的下場。對照李白、杜甫的一生，就可知現實與理想有很大的差距！

事實上，兩人雖然常有「心懷天下」，「思想報國」之情懷，然而，總是，得罪別人，因而，必須浪跡天涯，漂泊一生，甚至，連家人兒女也無法顧及！詩人就是詩人，天生從詩，不是從政的料子。

從浪漫面觀之，吾人寧可相信，李白是因喝茫了，與月亮談戀愛，而「水中撈月」去了天堂！這是最美的傳說吧！很適合李白！

杜甫，則更為悲慘，因孤高不群，很少人願相助相挺。結果，不僅落得自己下田墾荒，竟然，連女兒也餓死了！悲乎！那時節，所有的豪氣，孤高，文學全部無用，真令人為之悲嘆，一灑同情之淚！

看看杜甫自述的悲慘情況：

「朝扣富兒門，暮隨肥馬塵；殘杯與冷炙，到處潛悲辛。」

「且四十年，然衣不蓋體，常寄食於人，竊恐轉死溝壑，伏惟天子哀憐之……」

前句，是向富人「低聲下氣」，到了「乞食」的地步了！悲乎！後者，是向唐玄宗「求官」，說他已到了死於街頭水溝的悲慘境地。完全是斯文掃地，顏面盡失了！哀乎！

這與當年的杜甫，「氣吞萬里」的杜甫多麼的不同啊！真是老友陳福成的同版，胸中懷抱的革命大業，完成中國統一全落空，意外成了詩人作家。

當年他「枕戈憶，渡浙想秦皇」的豪情壯志，完全消失不見了，當年他傲視群倫，視別人為無物，大言「俗物多茫茫」的雄才高論，也落為大笑話了！慘乎！

千古之後，吾人看到他們的傳奇。李白成為「詩仙」，杜甫更成為「詩聖」、「詩神」，文名足以萬傳千秋萬世矣。

但是，由於他們獨特傲然的個性，似乎也落得老來悲慘而淒涼的結局。似乎，可以說「個性決定命運」吧！

如果，不是如此精彩，如此高潮迭起，如此，令人感傷的人生經歷，所謂「文窮而後工」，很可能，李白也不成為「詩仙」，而杜甫也無法成為「詩聖」，人生，或許就是禍福相依，有得有失吧！

此外，女詩人也有「仙人」，最傑出的，可以說是李清照了！她也有不少與酒相關的詩作。例如，〈醉花陰〉：

> 薄霧濃雲愁永晝，瑞腦消金獸。佳節又重陽，玉枕紗廚，半夜涼初透。
> 東籬把酒黃昏後，有暗香盈袖。莫道不消魂，簾卷西風，人比黃花瘦。

詩人於丈夫離家時，總感深閨寂寞，因此，偶而，也會獨飲解愁，來個「東籬把酒黃昏後」，我們從她的「簾卷西風，人比黃花瘦」，可感到到少婦的點點情愁！而她情愁的頂峰之作，為〈聲聲慢〉：

> 尋尋覓覓，冷冷清清，淒淒慘慘戚戚。乍暖還寒時候，最難將息。三杯兩盞淡酒，怎敵他、晚來風急？雁過也，最傷心，卻是舊時相識。

滿地黃花堆積。憔悴損，如今有誰堪摘？守著窗兒，獨自怎生得黑？梧桐更兼細雨，到黃昏、點點滴滴。這次第，怎一個愁字了得！

由於，她的情愁太多了，故她深深地感嘆，在「三杯兩盞淡酒」之後，說出令人感傷的「這次第，怎一個愁字了得」。

是啊！在古代，一位女子，在兩次婚姻失敗之後，必然是心力憔悴了！在如此令人悲愁的困境之中，她自然地，又寫出〈如夢令〉：

〈如夢令〉

昨夜雨疏風驟，濃睡不消殘酒。試問捲簾人，卻道海棠依舊。知否？知否？應是綠肥紅瘦。

常記溪亭日暮，沉醉不知歸路。興盡晚回舟，誤入藕花深處。爭渡，爭渡，驚起一灘鷗鷺。

〈蝶戀花〉

永夜懨懨歡意少，空夢長安，認取長安道。為報今年春色好，花光月影宜相照。

隨意杯盤雖草草，酒美梅酸，恰稱人懷抱。醉裏插花花莫笑，可憐人似春將老。

不論她是喝點「殘酒」，或者是已然「沈醉不知歸路」，更或者是「醉裏插花花莫笑」。她都仍有自制力，風姿優雅，此由於，她已經歷盡人世的滄涼，心境自然鍊達，對生活只感到寧靜時滿足，自己多多去欣嘗春光，和月影花光相照，喝點美酒，與花共舞共微笑！

上列，大多是適度飲酒的文人，未曾狂喝爛醉，自然也不會出大事，闖大禍！但是，武將粗漢則大大不同，如，飛張，就是不知自制，任性狂飲之輩。

他先怒鞭曹豹五十鞭，引發其不滿，故而密報呂布來攻徐州，大軍殺入，張飛卻「醉臥府中」，慌忙之間，猛醒，想要迎戰呂布，但因醉深，無法力戰，只得殺出血路逃跑了！

張飛這一任性狂怒，大醉不起，徐州一失，劉備大傷，大計全廢，悲乎！

另魯智深，也大大離譜。他身為僧人，竟然貪酒，並且根本是「亂喝一通」，看書中描述他的醉態！

但見：頭重腳輕，對明月眼紅面赤；前合後仰，趁清風東倒西歪。踉踉蹌蹌上山來，似當風之鶴；擺擺搖搖回寺去，如出水之龜。腳尖曾踢澗中龍，拳頭要打山下虎。指定天宮，叫罵天蓬元帥；踏開地府，要拿催命判官。裸形赤體醉魔君，放火殺人花和尚。

可見他醉得多厲害。也可見出作者描寫醉漢的文字功力！他更離譜的是，見「方丈」，不認錯，竟出口大罵同門師兄為「禿驢」。他的醜行醜態，真成為佛門的大笑話！所幸，上列兩位醉鬼，大都是小說編出來的情節，但是，「作為典型」，人世間也確實有這種狂飲胡搞的醉漢瘋子！社會新聞有一大堆！

我正面，反面提出上列的典型。目的在比較，吾輩詩酒會的情況。相對之下，我認為我們這些詩友酒友都是紳士淑女，文雅學者。雖然，有時候喝多了，也許，也吹吹牛，爭論一番，但是，皆只是「口角春風」，點到為止，從未有霸道行為，從未有狂飲爛醉之情況，十多年如一日，可見出大家的「酒品」是頗好的，大家僅止於品酒論事，而不狂醉鬧事！

總之，「成也美酒，敗也美酒」，只希望，眾友在美酒的助興之下，能多多激起詩興，再寫更多的詩篇！向李白學習，斗酒詩百篇！

尤其，如有更多「紅顏知己」，互相唱和，吟詩作對，就更增添詩酒之際的熱鬧氣氛，必然，會激發更高昂的詩興，寫就更美的詩篇！

四、建議交流多提「異議」

福成兄常戲言，我們的詩酒雅聚，是「野台」。但是，各路人馬各有來頭，可見是「往來無白丁」，交流之際，不免「砲火四射」、「流彈齊發」，絕對沒有「一言堂」，絕對沒有「獨一上帝」，絕對沒有「最後的真理」，畢竟大家生活在凡間，都是凡人，都有各自的「盲點」，所謂「學海無邊」，大家都可自由發言，不分黨派，儘量發言，所謂「真理愈辯愈明」也！

福成兄，在他不少大作之中，也時常提醒自己，即使對友人作品評論，也不可以一直吹捧，有缺失，也不妨直言，才可收「教學相長」之效果，才能有改進之空間，所謂「友直、友諒、友多聞」是也！

雖然，大家有時也「各持己見」、「相持不下」，但是，大家都能保持紳士、淑女的風度，只有「口沫橫飛」、「呼天搶地」的猛烈狀況，不曾到「拳打腳踢」、「刀劍相向」的地步，是幸！是幸！

例如，福成兄緊抱「春秋大義」數十年如一日，家業兄，永遠不信邪，不信教，永保自由人之心態，明興兄，則一直獨尊佛教，佛學。我們都加以尊重，並同意他們各自的「執善固執」，好的一面看，各人生命中，總要有信仰，有自己的愛好，有自己的「中心思想」、「核心價值」，生命才有依歸，大家可以各自開花，各自展顏，各放不同的芳香！不論是「一門深入」，或「博通古今」，盼望他們的大作，皆成一家之言，並可流傳千秋萬世！

而從另一方面看，眾文友目前狀況看來，仍達不到各教開山宗師如耶穌，佛陀，穆聖等的境界與修為。因此，仍然要避免自己是「宇宙終極真理」的心態或作為，也就是說學問頂天，也必須要謙卑再謙卑（千杯再千杯），以此與友共勉之，盼眾文友，能理解我的苦心！

五、唱和范凡的古體詩

文人互相以詩文唱和，自古以來，皆有之。我以唐朝詩人的唱和詩作，做為切入點。其中最有名的就是白居易與元結的唱和，還有白居易與劉禹錫的唱和。「唱和」，是一般的說法，還有其他如酬、贈、答等等。

唱和一般是很隨性的，沒有特別講求韻律、格律、五言、七言，皆可，長短，多少首亦不拘。

而題裁，則是海闊天空，有述個人的感觸，流離與蒼茫，國家的興衰，社會的變遷，詠物傷時，皆宜入詩。

白居易與元結的唱和，集中在他們年輕的時候，因此，表現年少氣壯，威武有力。而白、劉的唱和，則在他老年的時候。真誠心懷，都十分感人肺腑，是前後一致，不因歲月的更替，容顏的變化，而有所不同。

吾輩常有喝酒聚會，免不了也要唱和一番。

友人當中很多因為忙於學術創作，忙於生活的雜事，因而比較少和范教授唱和。但是他們常常賞析或者評論之。

我因為比較有空閒，所以常常看到范教授的大作後，就在十分鐘左右，波上一首拙作唱和之，心感不足，則再第二首，再回應了。可能他認為一首，就已經全部交代清楚，不用再多回應。

我記得與范兄唱和最多首作品的是關於台平兄與某北京女士，在二十八年前的「戀愛故事」。因為，事情經過很神奇，有如時光的奇幻漂流事件。

話說某次聚會時，台平兄帶來一位女士，看來亦是來自大陸的同胞。大家邊吃邊聊天，這位女士，自我介紹時，就主動提到這令人感動的，二十八年前，發生在北京的「初戀情事」，過程極為曲折，當時，台灣仍處於「戒嚴時期」，台平兄與「共匪」密切聯絡，很自然會引起相關單位「關注」。反正，結果，就是不了了之，「沒有結果」！世事無常，台平兄在台灣也感到「今生無緣」，後來，也就結婚了。但，世事難料，後來以離婚收場。

而女方，是一位優秀的女子，後來，離開大陸，移民到澳洲，期間苦等台平兄數年，最後，也無奈，找一位「可靠的中國人」結婚了。

一直到，二、三年前，她透過網路，看到台平兄在大陸出版的書，內容是關於台灣老眷村的故事。她一看姓名，心中為之一震，因此就很快地透過 E-mail，與台平兄聯絡上了，她滿懷激情，一心想到台灣，看看當年朝思暮想的男朋友。

由於她的執著與努力，最後，兩人終於在台北重逢，時光匆匆，已經過了二十八年，他們的故事，應該是「傳奇」，更是「天意」！淒美！動容！

為此令人感動的戀情，我寫下一些感想與祝福，也給台平兄一些善意的建議。我把那時感動的詩句，列於此，作為「傳奇」的見證：

〈舊愛深情〉——贈台平兄，庭芳女士

沿著古典的韻律飛行
想起遙遠的身影
走過北京的春景
有初戀甜蜜的心情
傾聽雙雁傷感的悲鳴
憶起歲月的倩影

走過台北的秋景
有中年憂鬱的不平

悲痛雙翼折斷的蒼鷹
自深谷展翅飛行
仍然心懷激情
盼望燦爛的黎明

感嘆枝葉破碎的飄萍
回望歲月的殘夢
依然懷抱深情
追尋昇華的心靈

看破人世滄桑的幻影
領悟時代的悲情
心靈已然沉靜

千山萬水也要遠行

注：〈舊愛深情〉贈台平兄，庭芳女士……紀念二十八年前，倆人在北京的初戀。

半生已逝多情種，無奈春花皆無蹤，若憶前塵情意濃，獨留遺恨入夢中。

三十年來夢無蹤，孤雁單飛天涯夢，若思再圓當年情，破法突圍心放空。

古都多情原是空，悲愁離恨古今同，心懷初戀憶舊愛，且留春心掛夢中。

新夢舊夢雁成雙
情淚喜淚恨兩行
當年今日人可好
冬雨春雨離恨長
舊時悲情奈何天
今日愴然已忘言

紅花深盼成鴛鴦
老朽蒼茫恨相連

紅花飛天化神仙
綠葉清風苦難言
人間妙境終不成
天上瑤池何時見

故國春色堪回味
新曲悲歌唱幾回
萬里路遙終須去
天涯魂斷憶夢迴

短笛魂斷已無腔
長簫再吹更淒涼
小喬低泣忘別離

寸心高歌憶仙鄉

昨夜桃花又李花
今日小喬或大喬
多情有淚到無淚
可憐無顏對紅顏

歲月催人老
紅花喚春潮
再尋青春夢
萬般皆可拋
思戀舊時遠
情深來日好
忘卻昨夜夢
風流看今朝

其後，揚松始終積極創作。透過網路交流，我看到不少揚松的「古體詩」，偶而也應和數首，今亦列於此，做為相互交流詩文之見證：

飛白和—夜讀范蠡三聚散與商經十八訓讚嵌〈聚散名利陶朱有道〉

相國高才聚金台，賢士慈悲散錢財，在朝有心為民生，江湖無憂任去來。
聖士佳人心相連，至愛深情總纏綿，卻逢亂世奈何天，瀟灑江河任雲煙。
陶地農墾到天邊，天下經商大串連；西施為愛走江湖，古今傳誦非等閒！

飛白和—詩友餐聚迎深圳清華劉凱校長蒞台歡嵌〈舊雨新知歡聚一堂〉

採花採蜜皆長才，中學體用登天台；新草故林春常在，紅花緣葉暢胸懷！
亦歌亦舞任徘徊，如花如玉天上來；醉眼天下看興衰，豪情萬丈比風采！

對於平台兄「梅開二度」之喜事，我亦和詩二首：

飛白和—揚松詩賀劉台平學長梅開二度幸福美滿慶嵌〈黃昏戀曲福杯滿溢〉

黃袍再披是奇蹟，洞房花燭乃天意；江山多嬌迎佳麗，寶島春色譜新曲
福氣祥雲遍大地，春情春意皆綺麗；晚來春色映春溪，牛郎織女唱春曲

黃袍加身成黃帝，洞房夜色增綺麗；戀眷纏綿迎佳期，戀歌再唱譜新意。
福來吉祥臨大地，晚來春情揚春意；滿山春色映華麗，鴛鴦蝴蝶倆依依！

一月廿八 范揚松衷心祝願詩作

揚松，因我寫贈台平兄之詩，他也有和詩回應如下：

仿飛白兄詩作并 PK 之

儷人長歌逝復還，北風狂嘯古今寒；柳色傷別人不見，春花猶任雨催殘！
無心有意尋舊遊，花紅黯淡伴殘秋；異鄉有夢常驚起，月色斑駁點點愁！

詩答方飛白兄

悲歌已逝終不回，戀譜新曲調相隨；莫道哀情舊時恨，相逢且喜拼千醉！

此外，我也曾寄贈給其他詩友，例如：

紅塵浮雲

紅塵宛如浮雲

色即是空
領悟空義
身心自在
浮雲恰似紅塵
空即是色
深解有義
身心實在

身陷紅塵
深染五彩
離棄紅塵
全無塵埃
再入紅塵
無黑無白
建設紅塵

更無掛礙
看似浮雲有千彩（空即是色）
深入紅塵更自在（色即是空）

注：贈印月法師。（她俗名蔣湘蘭，是吾老友，現在是出家人）……

印月法師（蔣湘蘭），和我、福成、明興、揚松是多年好友。也得到，她的回響，她的和詩如下：

古寺階前山櫻紅，晨鐘破曉霧氣濃，
若問向來本然事？但看清蓮直心空。

可看出，她在古寺修行之中，有深刻的體悟。之後，我又回和她三首，如下：

古寺天上夕陽紅，山林晨門仙氣濃，
追尋本性欲何從？內觀情蓮心境空。
古寺山頭花飛紅，林間煙霧有無中，

看盡塵世清濁事，回歸心田萬事空。
古寺老僧觀花紅，似有若無禪意濃，
無來無去影無蹤，出定入定瞬間空。

也願，印月法師，雖身在佛門古寺修行，有時候，也回到紅塵來，「拯救眾生」，為社會奉上更多的貢獻。

更願，與眾文友的情誼長存不變！

揚松曾聽我訴說在公司，被人暗算、陷害，也曾相助，再聞我另找立委相助，以明真象，亦來詩助陣，如下列：

飛白和—聞飛白兄含冤受辱可平反即興一慨嵌〈轉型正義含冤得雪〉

轉輾多艱世蒼涼，型塑威權滿手髒；正直君子盡屈辱，義膽忠肝敢主張！
含悲銜憤四愴惶，冤消孽解尋妙方；得昭天地驚鬼神，雪恥即時擊鼓響！

三月十九日　范揚松聞訊回應清滿詩稿

飛白和—

轉移正義有肝膽，威權歪道心顢頇；正道君子受屈辱，群鬼妖精無不貪。
含悲銜恨不愴惶，以智克敵尋妙方；敢殺群魔驚鬼神，除妖雪恥見天光。

近日，哈爾濱女畫家劉茵來台展畫作，我特別引介她，和眾文友認識，揚松也做一詩歡迎她，我亦和之，如下：

和范兄詩—方飛白鶩艷劉茵菈臨暮春詩友雅聚并互贈書喜嵌〈美眷如花茗彩齋話〉

美景如花客熙攘，眷戀往事憶蒼茫；亂紅殘飛春已去，墨香四溢欲遠航！
茗茶飄流迎清香，墨韻起伏餘韻揚；齋中茶醇可醉人，畫裏乾坤引遐想！

我另外，又寫二首給劉茵共勉詩，如下：

年去歲來不留白，生死離散莫自哀，
詩情畫意更有情，錦繡文章展長才。
春去春來不留白，秋山秋色任徘徊，
且放雲煙江湖去，書畫江山春心在。

劉茵，她也回和二首，如下：

乍暖還寒春來晚，
火樹銀花映家邦。
舊日門扉人何在？
把酒還吟北歸雁。
三生得緣與君識，
萬里不絕此情誼。
閑推茗盞話人生，
忙趁韶華留追憶。

桃花雪

世間亂，紅塵不堪，
何來桃花雪。
姻緣薄，雪上加霜，
月光入窗寒。

懶梳妝，妙齡過後，
尚有人問探？
青絲白，佳句也窮，
卻道春也晚。

清風兩袖，良馬一匹
輕身躍過胭脂岸。

眉間寂寞，山川無言，
鸞笙相隨不相談。

春風十里，桃花滿眼，
且留好夢來生見。

四月廿七日，正好我生日，我年近六十歲，自覺歲月匆匆，韶華難留，因而，心有所感，而「自己唱和」數首如下：

春山遠望（生日自唱和）　方飛白

年去歲來歲月催，花開又落第幾回？春山遠望任低迴，綠林花開現紅蕊。
遠山翠林日光輝，不信春心喚不回，只見藍天一片雲，恰似群艷展花蕊。
江湖險惡神已摧，青春易逝永不回，只餘寸心延晚照，彩霞日暮夜空垂。
清溪已枯碧山殘，鬼怪山頭四處纏，借來除魔斬妖劍，春秋道上刀光寒。

〈盼除魔殺妖〉

江湖道上血光寒，書生無力抗野蠻，欲問深山神仙計，老僧入定已忘禪。

〈欲問神仙計〉

山高林深展翠微，蝶歡花媚夢重歸，忍將初心埋山色，且看春去春又回。

〈春已去，夢重歸〉

光天化日迎冷箭，砲火暗發禍連綿，化為白骨仍殺敵，殘山剩水抱花眠。

〈被小人射冷箭，仍迎戰〉

揚松於我生日當天，有賀詩，我亦答和一首，如下：

賀范范知交方清滿兄歡喜過誕辰　悅嵌〈清滿詩家生日快樂〉

清風翻書閱大千，滿腹酒茶筆成篇；詩題蒼穹豈嫌少？家見戶曉遍人間！
生趣勃發膽包天，日上三竿花醉眼；快鞭逐夢青春酷，樂遊萬國敢狂狷！

飛白答和—賀范范知交方清滿兄歡喜過誕辰　悅嵌〈清滿詩家生日快樂〉

清風閱書數百千，滿腹思緒爭萬年；詩題星斗入江寒，明日詩鬼或詩仙？
生抓貪污包青天，被害清風苦多年；快鞭除魔功蓋天，再游萬國可狂狷！

另外，揚松詩作，關於老友家業兄、福成兄之詩作，我亦有詩唱和之，如下：

飛白和—賀福成《讚賞范揚松仿古體詩》出版　喜嵌〈讚陳福成妙筆生輝〉

讚嘆胸中千甲兵，陳事瞬間如神靈；福德圓滿見真性，成就大業一身輕。
妙有空靈如有神，筆尖似風群鬼恨；生有武道通經論，輝映文彩轉乾坤。

四月十七日　范揚松略讀全書有感詩稿

飛白和—與家業律師論知音難尋貴人更少　慨嵌〈長鋏歸來知心何尋〉

長風萬里比天高，短歌鏗鏘人間少；留駐山林狂復嘯，再返紅塵人不老！
知己寥落江湖悲，義守正道寸心潔；何處再得孤芳草？戀歌再唱酒千杯！

四月二日　范揚松午夜反思感悟詩稿

可見，老友們相知相惜之情誼。

項美靜，杭州來的女詩人，我引介她，與眾文友認識，她贈詩集給大家。我閱後，心有所感，也寫了三首贈項美靜小姐，如下：

詩酒長論議江湖，玉女短笛吹相思，帶來江南一片春，似煙似霧似有無。

蘇杭美女寫美景，浪花澎湃秀身影，又有詩畫涵深情，似夢似幻似空靈。

雪花茶香天寂靜，秋愁春意難分明，空憶江南無彩夢，閒遊禪寺悟真情。

以上，都是詩友之間，隨興偶思之「小作」，提供大家參考。

一方面，留下「歷史記錄」，另一方面，也表達出詩友之間相互的關懷，有時，也表達詩友之間不同的思想與異議，也有「教學相長」之意，所謂「三人行，必有我師」，實哉斯言！

六、福成兄大作內容之補餘

吾輩皆知，福成兄之著作，通常如黃河長江之大水一般，一洩千里也！

此書，不過是一八六頁（第二版增加到二百八十一頁）。依范兄言，因為他近作，尚有近百首，未放入此書中，否則，再增五十頁，亦有可能也！

我在此，只是補進一些「可能」是福成兄不太清楚的細節，主要，因為下列文友是我介紹來參加「詩酒雅聚」的，在此先說明一下。看官，慢慢觀來：

我也介紹不少朋友來參加聚會，大部分是文藝界的，也有一些商業界的例如：馬中欣，徐夢嘉，趙雪芹，施至隆，楊維晨，劉三變，趙秋萍，彭德成，劉建宏，張學海，曹振，葉莎，季閒，曼聿，閒芷，劉茵，項美靜，簡詠等等。

馬中欣，他是華人世界很頂尖的旅行家，也是作家，尤其他寫的有關三毛的故事，他不止去過三毛住過的地方，並採訪了許許多多三毛的老朋友，鄰居，和家人。因此引起了很大的討論與爭議。他的蹤跡到過一百多個國家，連南極，北極，亞馬遜流域等等非常危險的地方，他也去旅行，可稱為是〈冒險性的旅行〉，跟普通人不太一樣。

近一兩年，他常在大陸活動。並且得到中國大陸媒體和電視台的重視，有很多關於他的冒險活動的報導。同時，因為他的威名遠播，大陸許多大學，也請他去演講。馬中欣，他就在大陸美國台灣各地，跑來跑去，旅行，演講，寫新書，成為一個〈太空飛人〉。

徐孟嘉，是台灣少數的西泠印社中人。金石篆刻家，也是書法家，畫家，並且對中國古文字有很深人的研究，他常常發表文章在報紙上，言人所未言，見人所未見，極有創見。因為他家在上海，所以無法久住台灣。近年來，只能偶爾來台灣做書畫交流與展覽，也都有見面。我有時候去上海，也到他家去拜訪，承蒙他與夫人熱誠招待，非常感謝。也希望他有空多多回到台灣。

趙雪芹是我二十年的老朋友啦。最早是因為佩服他們推廣唐詩的才華與熱情，而介紹他到我們公司去演講，表演並推廣。數年前，我引介她和老公柳松柏導演，加人聚會。近幾個月，因為有事，我又找柳導演，結果她告知，柳導演已經過世了。我覺得很感傷，後來，我辦詩歌音樂活動，我就找她來幫忙表演，另有文學活動，她也全力捧場，帶她友人一起來表演。所以，我又找她來加入我們的詩酒會。並且，因為她有詩歌吟唱的專業才華，所以，我們的聚會，也因雪芹加人而增色不少！

葉莎，則是我在〈野薑花詩社〉認識的詩友。她不只寫現代詩，還精於攝影，由於表現很特殊精彩，常常受邀，到東南亞各國，去參加各種文學交流活動，也常到大陸去攝影。前一段時間，因為寶藏岩駐村詩人徐大的策展，我也邀請葉莎和曼聿參與攝影和詩作的展覽，得到許多朋友的讚賞與回響，並增加了不少在寶藏岩舉辦的活動。尤其，最近她想對現代詩界，有更多更好的貢獻，而創辦了〈新詩報〉，並且找了幾位志同道合的詩友，如季閒和雪赫，一起做編輯工作，和推動新詩教學課程，目前，正很火紅的推展著。只要有時間，葉莎也會來參加詩酒會。

劉茵，是最近新認識的大陸畫家，她也寫書法，也愛寫古詩，現代詩，散文，小說，算是很多元的作家。在香港出版過一本書，名為〈茗彩齋話〉，來臺灣多次，也希望在臺灣出版著作。這次，是來辦畫展。原來學的是英文，教學有二十年之久。喜歡臺灣人文氣息，她還想學臺語。

其他文友之事，另外，再行補記。

七、期盼詩友向古體詩的頂峰前進

我上列，故意挑了杜甫，白居易等人。是想提當時，他們極力提倡的「社會寫實主義」創作觀。由於，他們基於士大夫的責任感，看官吏貪污，而民生凋敝，人如狗畜，任人宰割，更有甚者，人死如野草，人亡無人收，更令人為之落淚。感時，也就傷己，傷秋，也是悲己。時代的黑暗，必然也吞噬了人民的幸福。

對照范兄的詩作，也可處處看到他對於社會黑暗的控訴與抗爭，和他對弱勢族群的關心。更不用提他對各界友人的讚揚，支持，鼓勵。也更見他贈子女詩文交流中的讚賞與期盼。這是眾人皆知，眾人皆讚的偉大胸懷！

我個人的想法，自古以來，中國文學界已出現不少頂峰之作。後人要超越頗有難度，但是，仍可以「心嚮往之」！

舉例而言，白居易的「琵琶行」，吳偉業的「圓圓曲」，李白的「將進酒」、「行路難」、「月下獨酌」、「蜀道難」，杜甫的「三吏」、「三別」、「兵車行」、「麗人行」、「酒八仙人」等等。

不僅質好，量大。乃千錘百鍊之作，且早經過千百年歲月之考驗，早成為中國文學史的寶藏與經典。是中國文人必要朝拜的「聖山」！

因此之故，用此與范兄和眾文友共勉之，期盼范兄在不斷洗鍊，不斷創作之過程，再創佳作，以揚松兄的才情，文學高峰尚未到達。再寫極品！沿著歷史上文學精英的精神與血脈，再創中國古體詩的新時代！

我認為，以范兄過去創作的成績與熱誠，他是有獨特能力的，他是有創新潛能的。

范兄的七言古體詩，到目前，已經寫了六百多首。在不斷練習，不斷千錘百鍊，不斷變化題目當中，我們可以看到他的作品，已經具備了廣度和深度。並且，文思泉湧，已到達揮灑自如的地步。所謂〈一花一世界〉，范兄，已經開創了另一個美好的，有深度的古詩世界。

不過如同創作現代詩，范兄得到創作比賽冠軍作品，都是長篇大論的作品。例如：〈尼山禮讚〉、〈永遠的旗幟〉、〈風雪大辯論〉、〈一個老兵的獨語〉等等。表示如果要達到創作頂峰，可能需要如黃河長江的能量，和水量。在這一方面，我們可以在中國文學史上，看到一些典範，看到一些傑出的詩人表現出來的功力，發為令人驚嘆的詩篇。

舉例來說，白居易的〈琵琶行〉，吳偉業的〈圓圓曲〉，李白的〈草書歌行〉、〈行路難〉、〈古風十九首〉等。杜甫的〈兵軍行〉、〈麗人行〉，皆達到這類古風，古體詩創作的頂峰。

我認為范教授是有這種能力，功力的詩人，故期盼他未來能夠更升級，運用古體詩寫出更精彩的詩作。例如，他想寫的「集集大地震」，他想寫的一歲到一百歲的人類，一百種的死法，又如他想寫自己的自傳，洋蔥的自傳等等。當然，以他目前的時間來說，他正忙於事業，四處奔波，時間不多，只能先創作短詩，可能要等到他退休之後，有更多的時間，才能慢慢鍛鍊出長江黃河式的長篇巨構古體詩。

最後，附上拙作古體詩〈哀項王〉，作為眾文友之參考，並作為本文之結束。：

哀項王

楚地豪氣育英靈。天生異質天子行。
或言舜後眼雙睛。人中之龍第一品。
身長八尺有餘盈。才氣過人力扛鼎。
被甲瞋目人馬驚。素以武功自誇矜。
可料後日手刎頸。依然慷慨不反省。
年少壯志似飛鷹。不願書劍願演兵。
吳地起兵執百梃。跟隨季父闖鬼庭。
八千響應抗暴秦。一朝共尊懷王心。
此時帝王劉家姓。亡命山澤出長亭。
行述放浪不論斤。眾人奉之比山陵。
奇才異士遠與近。皆得感召成親信。
天下四方皆恭敬。前程光明麗如錦。
秦將王離圍趙營。楚封宋義為統領。
欲收漁利喪生命。項羽登位上將軍。
輕騎取道向北進。處處交鋒處處贏。
兵向咸陽欲問鼎。不料沛公先提纓。

南入關中如飛萍。留侯良佐心神靜。
不殺降者秦子嬰。約法三章去酷刑。
張良獻計行正經。劉邦出關相逢迎。
鴻門宴上未分明。終使高祖照汗青。
若使項莊劍血凝。天下誰家未可定。
項王未能明究竟。不依亞夫應不應。
火燒阿房焚秦廷。嬴政子弟獨涕零。
搶奪燒殺不留情。紛擾百姓無安寧。
但只恐衣繡夜行。兵離咸陽往東傾。
建都彭城慶中興。功高位尊臨百卿。
項王自此可高寢。瓊樓輕歌眾歡欣。
玉殿漫舞獨撫琴。閣外嫋嫋燭香熏。
帳內被溫堪入眠。不問封王平不平。
導致諸侯起挑釁。齊王首先干雷霆。
西楚鋒利那可凌。明斬棧道爭心盡。
暗渡陳倉燃灰燼。漢家乘機取三秦。
楚漢相爭於成滎。彭越游兵斷糧徑。

韓信取齊勢悻悻。蕭何關中軍兼並。
英布歸附漢軍令。鴻溝為界此時訂。
違約張良與陳平。從此兵倒如山嶺。
戰得楚軍不成形。垓下困楚定勝名。
失魂神騅尚忠精。落魄八千子弟兵。
淒涼夜色已酩酊。哀傷虞姬猶擊磬。
回思彊埸馬嘯鳴。屢建戰功多彪炳。
何其豪壯何可慶。那知今日痛孤零。
地下花影伴身影。天上孤星映月明。
項王何忍見此景。楚歌四面傷別情。
突出重圍酒未醒。出師未捷正典型。
英雄能不淚滿襟。自言天意取我命。
不關好戰取敗境。英雄末路總不幸。
此言哀痛誰人聽。江東地廣多壯丁。
奈何江畔一劍輕。項王雖能招豪俊。
捲土重來非本性。千古恨事堪借鏡。

第六章 人生舞台 精采演繹

——拜讀陳福成教授大作《賞讀范揚松仿古體詩》

曾詩文

感謝陳福成教授賜贈大作《賞讀范揚松仿古體詩》，陳福成教授與范揚松教授相識超過二十餘載，恬淡真誠以君子相交，為范揚松教授編纂『嚴謹與浪漫之間』及本書共二冊，若非長期相處近身觀察，加以同為詩人情思敏捷心意相通，無法如本書對范揚松教授諸好友如數家珍，且通篇文章情真意切自然真摯，為兩位人生難得相濡以沫之溫潤友誼祝福高興！今除以恭敬學習之心一窺堂奧，也引頸期盼兩位莫逆知交下次大作問世！

陳福成教授將詩選分門別類，井然有序歸類，友朋歡聚真情相交者有之，對文藝事功，道德勇氣，演講教學讚嘆者有之；對時政評論批判，愛深責切諍言譏諷者有之；關懷客家鄉情，期勉創新增值，再展客家風華者有之；敬念先祖孝繫父母，關愛華君振夫者有之；隨著年齡增長，對佛法哲理起親近心，與菩薩天地共感，記寶藏巖遊記者有之；更有諸多講學遊歷、穿梭兩岸，情真意摯的采風詩作，陳福成教授雖非企管專業，亦精選數首精彩講學詩，樂與大家結緣分享！

在范揚松教授詩中小宇宙，我們看到讀書人對儒家天地君親師之尊重敬仰，此在范揚松教授詩作及立身處事上表露無遺，而范揚松教授在紅塵即道場中之慧命鍛煉，亦是遍歷艱辛臨深履薄，此等窮其生刻骨銘心之人生體悟，我等方能有幸得見，由詩作中盡體其智慧精髓與恢宏大度！

范揚松教授常說，詩成各自解讀，已與作者無關！這句話說得真好！寫者無罣礙，讀者自領略，除有明確記載人事物相關連結，其餘自映理解與他人無涉。有幸近窺原詩作者范揚松教授，詩興湍飛揮灑自如，思緒常如深井泉湧，切入點亦常出人意表，實為現代智多星也！其儒俠交融風格，多次在書中呈現，在其詩作中亦盡現無遺，如翱翔穹蒼的鷹，俯視雄觀世間不平，拔劍仗義而起，此為其自小即有之人生意向！

詩是文字的凝鍊，更能表達出深刻情感與生命意境，上天藉范揚松教授之筆，演繹此等人間絕藝，相信天地有情，餘韻裊繞，也樂見祝福范揚松教授，喜結善緣，福慧蒼生！

茲精選下列詩篇與諸讀者共賞：

最佩服范揚松教授成詩數百首，堅持不輟以詩言志！

二〇一五．二．一〈元月寫詩百首誌慶並告諸友〉

范揚松教授以老松自喻惕勵，堅忍卓絕德慧日精：

〈師勉諸友羊年精進奮發〉

范揚松教授對先祖之孺慕懷念及靈性感悟：

〈向先祖范仲淹文正公等致敬〉

〈夜讀范蠡三聚散與商經十八訓〉

〈轉發千手觀音諸般影像〉

〈聽聞梵唱　蓮花處處開　三遍〉

范揚松教授對提昇文化藝術人文產業不餘遺力，請細細品味：

〈讚賞董陽孜書法藝術成就〉
〈讚與詠雪董事長暢談 Eu 與珠寶志業〉
〈主持『大稻埕虛擬商圈』座談〉
〈國藝大碩博班講授文創行銷〉
〈略論客家創意產業精緻化發展〉

范揚松教授講學與評論時政，一窺其思慮及與時局相應：
〈國家文官學院座談升等教學評量〉
〈赴行政院客委會談產業輔導效益〉
〈迎北京企業家參與碩博班課程〉
〈讀今週刊梁永煌社長談媒體憂思〉
〈觀馬習會前總統記者會轉播〉

范揚松教授個人浪漫與故交情懷盡現其中：
〈傳記光碟版編製憶舊、與野史館長劉紹唐忘年交〉

〈誌與王總裁相知相惜三十年〉

〈詩友餐聚迎深圳清華劉凱校長蒞台〉

〈客宿昆山憶錦溪沉墓情事種種〉

期盼您如本書作者陳福成先生，與詩人范揚松教授無聲勝有聲，在詩文中心有靈犀，做心志情感的自由交流對話，知己倘佯在詩海，彼此神交輝映，或感傷低吟、或感動激昂、或惕勵奮進、或發人深省，也歡迎您一起來融入這花團錦簇的絕美畫境！

曾詩文拜讀推介

謹誌於二〇一六・五・一

曾詩文

進修企管博士學程，任職大人物知識管理集團，瑞士歐洲大學副執行長、台灣創意產業管理協會秘書長，研究方向為線上職能評量與人力資源管理之應用。

第七章　華枝春滿　天心月圓

——陳福成新書《賞讀范揚松仿古體詩稿》讀後感

傅明琪

與諸詩友結緣是人與人之間魅力的吸引，也是興趣雅緻的碰撞，在火光中，讓我看見了友誼的真誠雋永，與不同教授專家；文人墨客的各自崢嶸！何其有幸！

范揚松仿古體詩是諸詩友中的一絕，一寫一年竟完成六百首創作。從現代詩轉向仿古體詩，是很大的創意突破，替今人開啟了一道學習古人意境的高層次門徑；讓讀者有了上溯源頭，尋得直接與古詩相接的可能。通觀全書，福成兄企圖從詩集中，分門別類，讓時間、空間可與古典中國或文化中國同在！與屈原、范仲淹等的輝煌同在！與現代管理思維、傳奇故事同在！在時光飛梭中，自仿古體詩中尋到一種到多種的解答，那是詩人對人情事理觀照各有巧妙不同啊！

拜揚松之賜，認識福成應有十年了。對他印象最深刻的一次，是詩友參訪寶藏巖，有處佛堂對聯寫著：「石壁雲天觀自在，潭華水月見如來」。在心頭諸多紛擾，幻影重重之際，福成兄為我與對聯拍攝一張相片，頓時教飛馳的時光在此停留，照片裡物我兩忘似藏著宇宙的秘密，令人產生身心安頓的感覺。

當年夏暑我們同遊寶山合唱多首膾炙人口的民歌，俗云：「百年修得同船渡」，但能在同一艘巨大舢板船上對唱，又是何等的風光與緣分啊！當時有人、山、水、鳥、蟲、風、花、樹的八部合音，有如天籟，一切因緣俱足，自然風生水起。看到本書那張，「帶著吉他去流浪」的相片，讓我想起與福成同一個年代的，民歌手洪小喬的成名曲中的一段歌詞，「我要到那很遠的地方，一個不知名的地方」。福成似乎應該已找到那個桃花源勝地。

寶山行之後，我特別錄製作了蓮花處處開演唱影片，由我主唱，揚松為此寫下「聽聞梵唱〈蓮花處處開〉」一首藏頭詩，結合「詩」、「歌」為一體，如此相互引受又各自創作，在揚松詩作中俯拾皆是！

詩友互動中，一人引吭大家高歌；詩友不論共同旅遊健行，參觀畫展，新書發表及種種為藉口的詩文酒敘餐會，個人都積極參與，其樂無窮，這些活動都在揚松的詩作裡有深刻鮮活地記錄。

在本書中，福成兄形容揚松的仿古體詩作品，「無論內涵、境界、風格表現都能如行雲流水般自然，從前讀揚松的現代詩，到現在讀他的仿古詩，形式、表達雖不同，但其真性情的表達，也產生動人的藝術力量」。我也深深覺得揚松的仿古體詩，體現在音韻、用典、和意境運用，深具自然風格之外，多了幾份俠客旅人的豪邁與才情！不擇地皆可出。每次讀詩發現很多首都可譜成曲。例如：「遊寶山水庫，共享農家樂」、「緣是天籟在勾引」，十數首都是深具意境的歌詞。

除此之外，揚松的仿古體詩也保存了文字的優美具趣味，雖然立意在心下筆很快，對於文字的斟酌則力求完美，例如最近一首：「欣聞桐花季四月雪，緣台三線展開——喜崁〈油桐傳情落英繽紛〉」，最後一句：「紛紛雪意總徘徊」，經斟酌後改成，「紛紛雪『映』總徘徊」，改一字，讓詩的意境更美、更活、更有靈動性。如此令人咀嚼再三的詩句，不可勝數。

揚松的仿古體詩，短短一年間已有六百首作品，我敬佩他的毅力與才華，用詩寫日記寫出卓然不同的生命，每天早上都可看到他的新創作發表社群網站上，有時詩興大發，半夜也會收到他的新作。

每次看到他在賴群或臉書上發表的新作，回應按讚者眾，我亦忍不住想有所回應，但礙於文字功夫的侷限，只好巧藉圖片回應詩中意指與景觀，以此不下百幅，圖文並茂的結果，更能引領我進入揚松仿古體詩的意境中。

這也是一種華枝春滿，天心月圓的呼應與相和！

說到創作的多元與豐富性，楊松可開啟多元視窗的人生版本，在他果實累累的果園中，只要選取幾個當時所需的即可，因為他的神祕園裡，什麼都有，且土地肥沃，才思敏覺，每首詩都完美自在，不再需要辛苦耕種，書中搜羅的作品佔他龐大創意資產中極小部分。

如此琳瑯滿目、選材各異的詩作，福成分類舉出：講經說法，談管理，對書法、舞蹈、表演，對事業有成就者、對有道德正義勇氣、朋友的讚歎、對演講、教學的讚歎、對政治批判、對客家鄉親與親情、企管經營、文創行銷、服務管理與策略、危機管理、競爭策略、組織設計、教學原理與學術論文寫作，大陸講學，中華文化產業經營，人文交流，民族情懷等題材創作，不同類型的詩在這本書中匯整重現不同篇章論述中，就好像是詩的萬花筒，顯現出閃爍繽紛的美麗情景！

在這數位交替，虛實整合，平靜而又暗潮洶湧的歲月中，福成有六世達賴「倉央嘉措」的真性情，在入世與出世間長途跋涉，在三度到五度空間中來回穿梭，忠實地寫下對范揚松仿古體詩的觸動與讚嘆，讓漫遊於這座繁花似錦花園的朋友們，可以幸福且全面回顧，謝謝福成為大家寫作并出版了這本好書。這是何等奢華的享受啊！

傅明琪

中國文化大學新聞學碩士，瑞士歐洲大學攻讀企業管理博士；任職於統一超商集團安源資訊客服部經理。有華語師資教師證書，擅長歌曲演唱及攝影美學。

第八章　臺北文友緣聚有感　一段意外驚喜的旅程

劉　茵

人間四月芳菲盡，再度飛躍臺灣海峽，受中華收藏學會和中華畫院的邀請在臺北開辦個人書畫作品展《水墨年華》。

此行於我，最大的收穫不是多年的作品得以向公眾展示，而是結識了一干文創界的前輩益友。當晚並與初識詩友們交換詩集著作！其中獲贈陳福成新著「賞讀范揚松仿古體詩稿」（文史哲出版）試刊版，還是剛剛出版的！裡裡外外都滾燙著呢！

四月的黃昏，雨霧迷離，台師大分部旁，在范揚松教授的私人會所裏談笑風生皆是鴻儒：范揚松教授不僅為企管博士，縱橫產官學且寫現代詩與古體詩上千首；吳明興教授更是身兼文學、醫學、宗教學三個博士，著作等身，善長辯理析疑，言辭滔滔；

旅居阿拉伯世界數十載不改率真情詩聖手的臺灣詩人方飛白；著作百餘冊的文字大家陳福成老師；吟誦唐詩宋詞風雅一身的趙雪芹女士；生命翻転人資工作坊文創產業翹楚以及心理學專家許明堯先生……可以調素琴，閱金經。無絲竹之亂耳，無案牘之勞形。南陽諸葛廬，西蜀子雲亭，亦載不動這滿室文采，淵博之論。

諸位前輩乃筆耕勤奮之人，幾乎每日有佳作誕出，令晚輩學習甚多。范揚松教授次日以我的展覽小冊名稱及詩文集書名，以藏頭詩方式，嵌成「美眷如花茗彩齋話」，真是雅士高才呀：

美景雅興客熙攘，眷戀倩影映臉龐；
如斯勝景恨春短，花事璀璨總牽腸！
茗潤肺腑齒頰香，彩墨潑灑餘韻長；
齋中酒醇呼醉飲，話說他年逞狷狂！

晚輩不才，也和詩一首，願以文會友博採眾長。樂嵌《臺北夜話》：

乍暖還寒春來晚，火樹銀花映文華；

海峽彼岸人何在？把酒還吟南國花。
三生得緣與君識，萬里不絕此情誼；
閑推茗盞話人生，忙趁韶華留追憶。

詩罷，風過有聲留竹韻，日夜無處不花香。可惜吾行程倉促，未能與諸位前輩把酒盡歡，徒留許多遺憾，也是期待，他日再度重逢，言詩論畫，煮酒對月，人生豈不快哉！

值此，陳福成新著「賞讀范揚松仿古體詩稿」，正式出版發行之際，受邀撰寫一段記敘當晚雅聚文字，實愧不敢當，但確實感受到諸詩友的熱情與多才！個個崢嶸，交互輝映實乃人生一大樂事，亦想留下更多美好記憶！願以此短文作為補白。

劉 茵

哈爾濱人，華東師大碩士研究生，大象藝術執行董事，自由撰稿人，喜詩書字畫。著有〈茗彩齋話〉、〈半觚集〉、〈伊卡•洛斯之夢〉、〈仲夏夜神話〉等詩文集。

第九章 陳福成與《王學忠詩歌札記》

陳才生

盤點海內外的王學忠詩歌研究成果，已發表的論文記有二百多篇，出版的評論集已有三部，但研究專著卻只有兩部，那便是台灣著名學者陳福成的《中國當代平民詩人王學忠詩歌札記》和《王學忠籲天詩錄》。

陳福成，筆名古晟、藍天、司馬千，法名本肇居士，祖籍四川成都，一九五二年生於臺中。曾參加「陸軍官校」44 期培訓，畢業於「三軍大學」82 年班、復興崗政研所，並於臺灣清華大學高科技管理班、政治大學社會科學研究方法班結業。在他的任職履歷中有：野戰部隊各職、政大民族系所講座、臺灣大學主任教官、

在參會人員拍攝河影時，兩人緊挨著站在第二

志工、復興電臺主講、「國安會」助理研究員、華夏春秋雜誌社社長、出版社主編等，現職為空大兼任講師、中國詩歌藝術學會理事與常務理事、遠望雜誌社委、華文現代詩會員、藝文論壇季刊副社長及文化主編、臺灣大學退聯會理事長等。

陳福成是一位博學而有擔當的愛國學者，他在自己的專著封面折頁中曾坦言說：「以『黃埔人』為職志，以『生長在臺灣的中國人』為榮。創作、寫詩、鑽研了『中國學』，以貢獻所能和所學為自我實現途徑，以宣揚春秋大義為一生志業。」（註一）六十歲生日那年，他出版的著作已達79部，涉及政治、經濟、軍事、文化、文學等各領域，擺在一起恐怕比他不足一米70的個子要高出許多，是名副其實的著作等身的學者。

王學忠與陳福成相遇，是在二〇〇九年十一月六日，當時，他應邀參加重慶西南大學新詩研究所舉辦的「第三屆華文詩學國際論壇」，同時參會的海內外學者約 120

多人。來自臺灣地區的有范揚松、林靜助、陳福成、台客、傅予、方群交流較多，與陳福成並無甚麼接觸，但在參會人員拍攝合影照時，兩人緊挨著站在第二排。

之後的兩年，王學忠與台灣詩歌界有了廣泛的聯繫，在《葡萄園》、《新文壇》、《世界論壇報・世界詩壇》等報刊上，經常能看到陳福成的作品，有些詩文給他留下很深的印象。如〈椅子〉：「正襟危坐／抬頭挺胸／讓你像個人」。〈床〉：「我的春秋大業／是幫助人們完成愛的實踐／或驗證兩性關係」。構思奇特、蘊意深刻。有一首寫中華民國百年感想的：「家產丟的／剩下不到百分之一／慶祝甚麼？」從這些作品的字裡行間，隨處可見一種久違的正直、正義和正氣。出於欣賞和敬意，二〇一一年春天，他把自己已出版的 10 本詩集寄給了陳福成。不久，陳福成有了回音，他從台灣寄來兩本書，其中一本是《第四波戰爭開山鼻祖本拉登》，這是他做客臺灣復興電臺的對話錄。該節目也較「慢話《中國歷代戰爭新詮》」。作者首先講了甚麼叫戰爭，甚麼叫戰爭型態？他說：「『九一一事件』不僅是戰爭，而且是新的戰爭型態，從此，把人類戰爭型態推向『第四波』」。尤其是他批評臺灣執政當局的那些話：「在本拉登這個問題上，他們完全沒有了判斷力，跟著『美式價值』走，老美說『誰是混蛋』，臺灣人也跟著說……有誰從阿拉伯世界，從伊斯蘭教的立場，說一句公道話、說半句良心話？」這些話是作者在美國大炮、軍艦呵護下的臺灣電臺上說的，說給老美聽的，讓全世界聽的，對這種不畏強權的膽魄，王學忠十分敬佩。陳福成的來信並不長，像是打了個收到條：「寄來的大著收到，我會安排時間閱讀，也許會寫出心得」。

其中一本是《第四波戰爭開山鼻祖本拉登》

二〇一一年十一月十八日，陳福成又來信說：「這一年裡，我很想寫些你的東西，因為你的作品代表底層人民的聲音，但每回提筆又止，不知該寫甚麼？不論寫什麼都只能碰觸到潮裡的一滴浪花，寫不完全……試想，看你幾本書、千首詩，寫個數百字或頂多數千字，也說不完全。都在『瞎子摸象』，對不！我思索甚久，大概會慢慢讀你幾本書，寫些心得，比較全面的讀、寫。二〇一二年出版一本《讀王學忠札記——一個臺灣人的觀點》，這是暫定的書名。」時隔不久，陳福成再報喜訊：「近日一個機會和出版社老闆談到要出這本書，我概略說了一下你的背景，沒有想到出版社老闆很有興趣，他願意幫忙努力，書可能提前出來，應在明年中（六月前），這是第一本有王學忠研究的書在臺灣出版，我亦期待。」（註二）對王學忠而言，這是研究他的詩作的第一本專著，想起五年前，自己的詩被楊虛譯成英文，走出國文，讓不同膚色的人能夠讀到它，那時的心情雖然一樣激動、感激，但想到此書不是產生於大陸而是遙遠的臺灣，心中又平添一種難言的滋味。

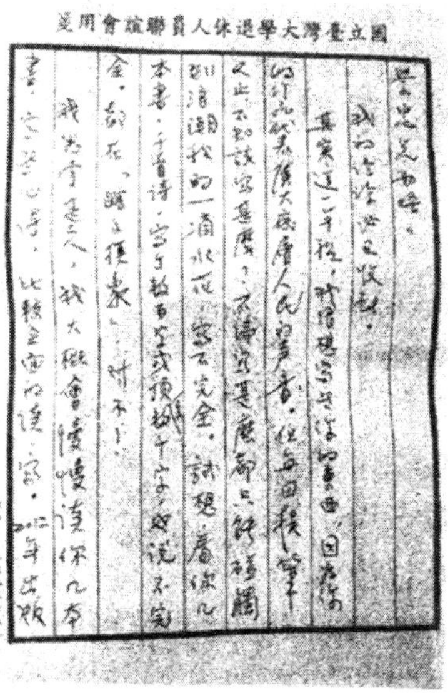

我很想寫些你的東西，因你的作品代表底層人民的聲音

二〇一二年四月，《中國當代平民詩人王學忠詩歌札記》由臺灣文史哲出版社出版，書的封面選用了王學忠在北京「紀念抗日英雄陳輝烈士犧牲六十周年」會議上的發言照片，旁邊則是陳福成寫得一幅詩聯：

黃河浪花億億朵，你是那朵最鮮紅的血色浪花
長江巨濤萬萬波，你是那波最清醒的靈魂真華

書的封面選用了王學忠在北京「紀念抗日英雄陳輝烈士犧牲60周年」會議上的發言照片

全書共268頁，分兩輯。第一輯「王學忠詩歌研究」，主要是對其詩集和評論集的研究，分別對《未穿衣裳的年華》、《善待生命》、《流韻的土地》、《挑戰命運》、《雄性石》、《王學忠詩稿》、《太陽不會流淚》、《地火》、《王學忠詩歌鑑賞》及評論集《平民詩人王學忠》、《王學忠詩歌現象評論集》等進行了系統的分析和評價。作者在談到各詩集的不同內容時說，隨著詩人的成長、詩的內容也在發生變化，讀《未穿衣裳的年華》，感覺是「沒有煩惱，無憂無慮」，但越往後讀，「煩惱越多，情緒越來越激動」，讀到《挑戰命運》時，「便開始要跳腳、捶胸、罵娘（臺灣話叫三字經），不必讀《地火》，已是滿腔熱血，一肚子火」（註三）。第二輯則主要是閱讀王學忠詩作時的隨感錄，對「工人階級詩人」、「民族主義」、「民心民聲」等問題展開了深入辨析，並對《想起那年的紅軍》、《勞動者》、《礁石》、《中國民工》等詩進行了文本解讀。

在本書中，陳福成稱《未穿衣裳的年華》描繪出一片純真純潔的靈山淨土，創意獨特、韻律優美、童趣盎然，靈動鮮活的想像力使童年寫真得到了昇華；稱《善待生命》從一片淨土返回到了五濁世界，在這充滿了是非善惡、黑暗與光明的世界裡，詩人宣告了自己的寫作的信念，那便是「永遠和人民站在一起，尤其永遠與最艱苦的社會底層各類民工同一陣線，用他的詩筆揭瘡、伸冤，批判貪腐」（註四）；稱《流韻的土地》是走向生活的「新山水田園詩」，在讚美山水、田園、鄉村、原野、豐收與歡笑的同時，歌頌了改革開放帶來的地方繁榮；稱《挑戰命運》寫出了「人間道」和「社會百態」；稱《雄性石》寫出的「全是問題」，詩人為「廣大的勞苦大眾吶喊」，使他在眾神默默的時代裡成為「詩壇的『領導』」，「領導著一股底層人民的浪潮」（註五）；稱《地火》乃「人之心火」，詩人像在解讀「各類火源性質」，以及「不同的解藥和方法」，進行「反省」和「警示」，「書中的每一首詩，都是一把火」，尤其是《地火》一詩，稱得上是一首「人民之歌」（註六）……另外，作者對大陸出版的兩部王學忠研究評論集進行了述評，並對雁翼、申身、涂途、賀紹俊等在序跋中的觀點亦提出自己的不同見解。

不難看出，身居臺灣的成福成對王學忠的詩歌進行了深入的思考，而且頗有心得。比如他認為，王學忠詩歌現象從詩人的童詩開始，基因就已奠就，那便是「慈悲、仁愛與深情」，以及詩人率真的性格、樸實的風格和「人民性」的特質。再如，他從佛教的視角窺到了詩人對生命的慈悲之心，詩中對各類生物的憐憫與珍愛，使讀者頓生「不忍之心」，告誡人們「至少要善待生命，好讓每個生命好來好去」，讓人「重新思考人生態度」（註七）。還有，他將王學忠詩歌的特質定性為「批判性」，「每一首詩，不論講什麼？何種主題都有批判性，或強或弱，或顯或隱」（註八）。作者充分肯定了王學忠詩歌「批判性」的正面意義，即「對社會制度的改革也能產生一定的力量」。並指出，近兩百年來，能夠像杜甫那樣，為廣大勞苦的底層民眾代言的詩人，王學忠是絕無僅有的一個（註九），並且說：「當代中國詩壇（包括臺灣地區），詩人或寫詩的人有數十萬、乃至數百萬。然而，在這數百萬的詩歌大軍中，九成以上把寫詩當成玩票、消遣……甚至那些終身經營詩刊、詩社、出版社、大學研究詩歌的教授，也很少有人把寫詩與國家的興亡、民族的興衰聯繫在一起，真正地站在廣大的人民群眾一邊，以民心為我心。古今以來，有這樣境界的詩人很少，我心中的王學忠，正是這樣的一個詩人。」（《序：書前說明・寫作動機》）這些觀點，在王學忠詩歌現象研究中，是新穎、獨到而深刻的。

由於陳福成的「札記」每張皆可獨立成篇，許多章節在著作出版後又陸續發表在臺灣《葡萄園》、《新文壇》、《紫丁香》等報刊上，有力地推動了王學忠詩歌在臺灣的傳播，產生了良好的社會影響。

此後兩年，陳福成不斷有新著出版。比如二〇一三年四月，他出版《古晟的誕生—陳福成六十年回顧詩展》，是年八月，出版《天帝教的中華文化意涵》一書，二〇一四年一月，出版了《臺北的前世今生——圖文說臺北開發的故事》。可謂產量豐厚，速度驚人。二〇一四年五月，王學忠又收到了他寄來的新著《從魯迅文學醫人魂救國魂說起——兼論中國新詩的精神重建》，作者在自序中寫道：「國家、政黨、朝代、團體、人……打下江山開始，充滿理想主意色彩，經歷圖治，日久生厭、厭生懶、接著百病找上身，貪汙腐敗、革命造反、死亡……我身為一個當代的詩人、作家、文學研究者，我從古今所有詩人、作家逐一找尋，希望找到可以文學詩歌『醫人魂、救國魂，喚醒中華民族靈魂』的典範人物。我請出魯迅、屈原、杜甫、李白、陶淵明、李後主，及代表現代平民詩人王學忠，相信這七人有充分的代表性。」對王學忠的定位，可謂至高的評價。全書共分八章，上述七人每人一章，作者在第七章《也找王學忠詩歌來醫人魂、救國魂》中寫道：「當我從中國歷史上，尋找可以醫人魂、救國魂可以用他

二〇一四年五月，王學忠又收到了他寄來的新著《從魯迅文學醫人魂救國魂說起》

的文學作品喚醒民族靈魂的詩人、作家，我請出了屈原、李白、杜甫、陶淵明、李後主、民國的魯迅。但我左想右想，欠缺一個「活人」，需要一個活生生的作家，和二十一世紀初的兩岸乃至海內外中國人，或在同一時代經歷同樣時代脈動的詩人。我概略檢視了兩岸三地我所知道的作家，現在仍在的，以王學忠詩歌較有醫人魂、救國魂，喚醒民族魂的普遍性作用」（註十）。

值得一提的是，二〇一四年，王學忠詩集《我知道風兒朝哪個方向吹》出版，陳福成在極短時間裡對本書進行了精深的解讀，很快出版了《王學忠籲天錄——讀〈我知道風兒朝哪個方向吹〉的擴張思索》一書。他認為，該詩集收入的58首詩，「比往昔更直指問題核心，更言之有物」，且「寫實如杜甫，詩觀風格更接近白居易」，詩人通過冷峻的筆墨，「為這個時代苦難的一群人，留下鐵案如山的證據」。一個又一個社會問題的形象描述，使讀者「像讀一本詩寫本《資本主義和社會主義問題研究》，「看到社會底層一群苦難人，他無力解救，他只好用他的詩筆，發出呼吁，希望有好心的領導看見弱勢者的困難，但希望不大，只好向天呼吁」。因此，陳先生將該詩集稱作是一種「吁天詩錄」（註十一）。

在兩人的書信往來中，陳福成不僅看重、關注王學忠的詩歌創作，也時刻惦念著他的生活，常常在信中詢問他的生活狀況。有一次王學忠代安陽師院《秋水》向《葡萄園》主編台客約稿，台客誤認為他在《秋水》上班，便將此事告知了陳福成。陳福成在給學忠的來信中說：「許久未曾寫信聯繫，近況可好？賢伉儷和孩子們工作、讀書大概平順吧！大陸經改、政改、步步加深，始終都是國際、兩岸的新聞重點。去年據台客所知，你在某雜誌社（詩刊）當編輯，工作穩定也有助於創作。希望老天爺待你和家人好些，好讓你更上層樓，開創文學新境界。對當代中國文壇詩界有更大的影響力，可以影響更多的人。」（註十二）

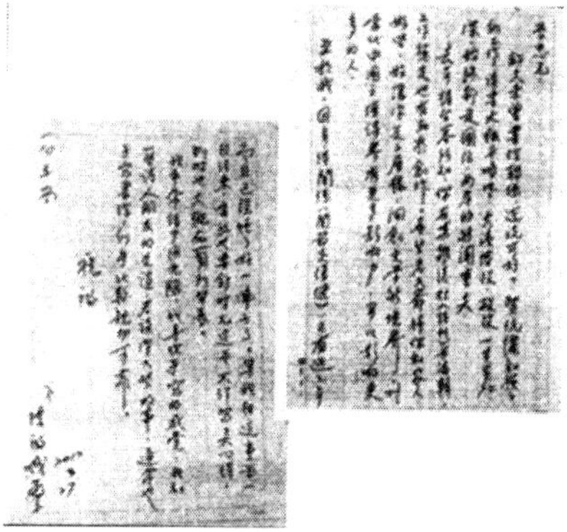

陳福成常常在信中詢問他的生活狀況

談起王學忠的相識，陳福成說這是一種緣分，「用佛法解釋，因緣吧！『因』不可知，緣是現在的，人生有好緣，感覺總是好，就算這輩子不會見到王學忠，仍然是人生中的美事一件」（註十三）。其實，對王學忠而言，兩人相見不僅有緣，而且還在一起合過影，他站在左邊，陳福成站在右邊。

陳才生

陳才生，一九六二年生，河南林州人，安陽師範學院文學院教授，中國閱讀學研究會副會長。主要著作：《李敖這個人》、《李敖的靈與肉－李敖思想研究》、《李敖評傳》、《謬斯鍾情的女兒們》、《才女之路》、《實用寫作訓練教程》（主編）、《文體閱讀法》（參著）、《文章學與語文教育》（參著）、《閱讀學新論》（參著）等。

陳才生教授的最近新著還有：《地攤上的詩行－王學忠詩歌研究》和《用生命種詩的人－詩人王學忠評傳》，都是新華出版社出版（北京，二〇一五年十一月第一版）。這兩本都是「大部頭」巨著，合計約九十萬字，可謂是目前海峽兩岸研究「中國平民詩人」王學忠最完整的大作品，更是深值典藏、讀一輩子的良伴。

本文收在《用生命種詩的人》第十四章〈臺島知音〉第三節〈陳福成與《王學忠詩歌札記》〉。這章第一節是〈聽謝輝煌談詩論世〉、第二節〈與秦岳的詩緣〉、第四節〈走進台客的《葡萄園》〉、第五節〈餘音裊裊〉。

在〈餘音裊裊〉一節中，也研究了文曉村、墨人（張萬熙）、金筑（謝炯）、莫渝（林良雄）、金寶瑜等臺灣的詩人作家們。

多年來我研究王學忠的詩歌作品、欣見他的作品（人品、詩品、風格），在神州大地漸漸受到更廣泛研究，產生了很大的影響力。而在臺灣這小島上也有一些回應，相信漣漪是會擴大的。

魯迅說的沒錯，文學可以救國魂、醫人魂，救國家、救民族。我從王學忠的作品看到「活生生的證據」，我也讀過少許魏巍、賀敬之、雁翼、劉章等名家詩作，也看到這種證據。身為中國人難得，中華民族甚幸！

再補註：「中國人難得」一語是民國弘一大師說的，他原文是「世上有三難得：佛法難得、生為中國人難得、良師難得。」希望兩岸中國人能領悟。

註釋

一 陳福成：《中國當代平民詩人王學忠詩歌札記》，（臺灣）文史哲出版社二〇一四年版。

二 陳福成二〇一二年十二月二十六日致王學忠信。

三 陳福成：《中國當代平民詩人王學忠詩歌札記》，（臺灣）文史哲出版社二〇一四年版，第16、28頁。

四 陳福成：《中國當代平民詩人王學忠詩歌札記》，（臺灣）文史哲出版社二〇一四年版，第33頁。

五 陳福成：《中國當代平民詩人王學忠詩歌札記》，（臺灣）文史哲出版社二〇一四年版，第89、92頁。

六 陳福成：《中國當代平民詩人王學忠詩歌札記》，（臺灣）文史哲出版社二〇一四年版，第

177－183頁。

七　陳福成：《中國當代平民詩人王學忠詩歌札記》，（臺灣）文史哲出版社二〇一四年版，第43頁。

八　陳福成：《中國當代平民詩人王學忠詩歌札記》，（臺灣）文史哲出版社二〇一四年版，第86頁。

九　陳福成：《中國當代平民詩人王學忠詩歌札記》，（臺灣）文史哲出版社二〇一四年版，第204頁。

十　陳福成：《從魯迅文學醫人魂救國魂說起－兼論中國新詩的精神重建》，（臺灣）文史哲出版社二〇一四年版，第87頁。

十一　陳福成：《王學忠籲天錄－〈我知道風兒朝哪個方向吹〉的擴張思索》，（臺灣）文史哲出版社二〇一五年版，第21頁、34頁、143頁、147頁、167頁。

十二　陳福成二〇一三年三月二十七日致王學忠信。

十三　陳福成：《中國當代平民詩人王學忠詩歌札記》，（臺灣）文史哲出版社二〇一四年版，第263頁。

第十章　著作等身的陳福成

王學忠

在當代中國、兩岸三地，無論作家、學者，著作等身的人不多，臺灣學者陳福成教授卻是一個。陳教授前年六十歲，生日那年統計已出版的政治、經濟、軍事、文化、文學等各類著作已達七十九部，摞在一起比他不足一米七〇的個子高許多，是名副其實的著作等身的學者。

在他已出版的七十九部著作中，其中有一本是研究我的詩歌的專著，書名《中國當代平民詩人王學忠詩歌札記》。這本書二〇一二年四月由臺灣文史哲出版社出版，他在書前說明、寫作動機一文中寫道：「當代中國詩壇（包括臺灣地區），詩人或寫詩的人有數十萬、乃至數百萬。然而，在這數百萬的詩歌大軍中，九成以上把寫詩當成玩票、消遣……甚至那些終身經營詩刊、詩社、出版社、大學研究詩歌的教授，他們很少有人把寫詩與國家的興亡、民族的興衰聯繫在一起，真正地站在廣大的人民群眾一邊，以民心為我心。」他接著寫道：「古今以來，有這樣境界的詩人很少，我心中的王學忠，正是這樣的一個詩人。」感謝陳教授對我寫的詩歌的看重，同時也感謝上蒼讓我與陳教授有緣相識。關於緣分，他在這本書的第 263 頁寫有一段話：「我是佛教徒，用佛法解釋，因緣吧！『因』不可知，緣是現在的，人生有好緣，感覺總是好，就算這輩子不會見到王學忠，仍然是人生中的美事一件！」陳教授說這輩子也許無緣與我見面。其實，他不知道我們兩個早已有緣見過面的，還合過影，我站在左邊他站在右邊。

那是二〇〇九年十一月六日至十日，重慶西南大學新詩研究所舉辦的「第三屆華文詩學國際論壇」會上，來自海內外的詩歌學者約一二〇多人。臺灣地區參會的有范揚松、林靜助、陳福成、台客、傅予、方群等十人。在這十人中，我除了與台客有書信往來，其他都不熟悉。五天會議，研討、用餐、旅遊，這期間我與台客、傅予、方群交流較多，十一月七日上午，全體參會人員在新詩所大樓門口拍了合影照，我與陳福成教授緊挨著站在第二排，我左他右。不過，當我後來在信中對他說起此事，他卻怎麼也想不起來，對我無印象。

我是二〇一一年的春天，主動把自己已出版的十本詩集寄給陳教授的。原因是，自那次會議後，我與臺灣的一些詩刊、詩報有了廣泛的聯繫，經常在《葡萄園》、《新文壇》、《世界論壇．世界詩壇》等報刊上發表詩歌，在他們寄給我的樣刊上，陳福成寫的一些詩文給我留下了很深的印象。他的《椅子》是這樣寫的：「正襟危坐／抬頭挺胸／讓你像個人」，《床》：「我的春秋大業／是幫助人們完成愛的實踐／或驗證兩性關係」，構思奇特、蘊含深刻，再看他寫得一首中華民國百年感想：「家產丟的／剩下不到百分之一／慶祝什麼？」例子很多，不舉了，從他詩文的字裡行間，隨處可見一種久違的正直、正義和正氣。這便是我主動寄詩集給他的原因。

二○一一年的仲夏，我收到了他從臺灣寄來的兩本書《大浩劫後》、《第四波戰爭開山鼻祖本拉登》，後一本是他做客臺灣復興電臺的對話錄。這個節目也叫「漫話《中國歷代戰爭新詮》」，陳教授首先講了什麼叫戰爭，什麼戰爭型態？他說：「『九一一事件』不僅是戰爭，而且是新的戰爭型態，從此，把人類戰爭型態推向『第四波』」。尤其是他批評臺灣執政當局的那些話：「在本拉登這個問題上，他們完全沒有了判斷力，跟著『美式價值』走，老美說『誰是混蛋』，臺灣人也跟著說……有誰從阿拉伯世界，從伊斯蘭教的立場，說一句公道話、說半句良心話？」這些話是陳教授在美國大炮、軍艦呵護下的台灣電臺上說的，說給老美聽的，讓全世界聽的，不禁使我油然而生敬意。夾在書中的短信寫得不長，像是打了個收到書的招呼：「寄來的大著收到，我會安排時間閱讀，也許會寫出心得」。二〇一一年十一月十八日，他又來信寫道：「這一年裡，我很想寫些你的東西，因你的作品代表底層人民的聲音，但每回提筆又止，不知該寫什麼？不論寫什麼都只能碰觸到潮裡的一滴浪花，寫不完全……試想，看你幾本書，千首詩，寫個數百字或頂多數千字，也說不完全。都在『瞎子摸象』，對不！我思索甚久，大概會慢慢讀你幾本書，寫些心得，比較全面的讀、寫。二〇一二年出版《讀王學忠札記－一個台灣人的觀點》，這是暫定的書名。」時隔不久，陳福成教授再報喜訊：「近日一個機會和出版社老闆談到要出這本書，我概略說了一下你的背景，沒有想到出版社老闆很有興趣，他願意幫忙努力，書可能提前出來，應在明年中（六月前），這是第一次有王學忠研究的書在臺灣出版，我亦期待。」是呀，這是第一本研究我的詩的專著在臺灣出版、銷售。我想起了五年前，我的詩被揚須教授譯成英文，走出國門，讓多膚色的人能夠讀到它，那時的心情是激動、感謝！此刻的心情也是一樣的激動、感謝！陳教授辛苦了！謝謝您！謝謝出版社老闆！

二〇一二年四月，由臺灣文史哲出版社出版的《中國當代平民詩人王學忠詩歌札記》如期出版。封面選用了二〇〇五年五月，我在北京參加「「紀念抗日英雄陳輝烈士犧牲六十周年」會議上的發言照片，旁邊則是陳福成寫得一幅詩聯：「黃河浪花億億朵，你是那朵最鮮紅的血色浪花／長江巨濤萬萬波，你是那波最清醒的靈魂真華」。手捧陳教授的新著，第一本在臺灣出版的研究我的詩歌專著，我不知說什麼好，就借用孫中山先生說的一句話：「革命尚未成功，同志仍須努力」做為自勉吧。陳教授撰寫的這本研究我的詩歌專著，共二六八頁，分兩輯二十二章，每章皆可獨立成篇。因此，許多章節在書出版後又陸續發表在臺灣《葡萄園》、《新文壇》、《紫丁香》等報刊上。

此後兩年，陳教授又不斷有新著出版，二〇一三年四月出版《古晟的誕生－陳福成六十年回顧詩展》，二〇一三年八月出版《天帝教的中華文化意涵》，二〇一四年五月，陳福成教授又寄來了他的又一本新著《從魯迅文學醫人魂、救國魂談起》，打開扉頁，仔細、認真地讀著他的自序：「國家、政黨、朝代、團體、人……打下江山開始，充滿理想主意色彩，經歷圖治，日久生厭、厭生懶、接著百病找上身，貪汙腐敗、革命造反、死亡……我身為一個當代詩人、作家、文學研究者，我從古今所有詩人、作家逐一找尋，希望找到可以文學詩歌『醫人魂、救國魂，喚醒中華民族靈魂』的典範人物。我請出魯迅、屈原、杜甫、李白、陶淵明、李後主，及代表現代平民詩人王學忠，相信這七人有充分的代表性。」如果說上次讀那本研究我的專著時的心情，是激動和感激的話，這回卻是慚愧了。陳教授的過高抬舉，使我不知所措，還是那句話「同志仍須努力！」。這本書共八章，7個人每人寫一章，第八章寫得是《中國新詩的精神重建－當代中國新詩的現狀與發展走向反思》。他在第七章《也找王學忠詩歌來醫人魂、救國魂》中寫道：「當我從中國歷史上，尋找可以醫人魂、救國魂可以用他的文學作品喚醒民族靈魂的詩人、作家，我請出了屈原、李白、杜甫、陶淵明、李後主、民國的魯迅。但我左想右想，欠缺一個「活人」，需要一個活生生的作家，和二十一世紀初的兩岸乃至海內外中國人，或在同一時代經歷同樣時代脈動的詩人。我概略檢視了兩岸三地我所知道的作家，現在仍在的，以王學忠詩歌較有醫人魂、救國魂，喚醒民族魂的普遍性作用。」

讀著讀著我的眼睛濕潤了。濕潤的原因：一是陳教授對我寫得詩歌過於看重，使我慚愧；二是一些詩人寫得詩歌的確讓人痛心，當下社會風氣低下、腐敗猖獗、民怨沸騰，有幾人用手中的筆為民抒寫？為正義抒寫？頹廢詩、淫穢詩、以及所謂的純詩、閑詩，尤其是那些馬屁詩，你方唱罷他登場好不熱鬧。悲哉！悲哉！

陳福成教授不但看重、關注著我的詩歌，也時刻惦念著我的生活，有一次大概是我代安陽師院《秋水》，向《葡萄園》主編台客約稿，台客誤認為我在《秋水》上班，便將此事告知了陳福成。二〇一三年三月二十七日陳教授在給我的信中這樣寫道：「許久未曾寫信聯繫，近況可好？賢伉儷和孩子們工作、讀書大概平順吧！大陸經改、政改、步步加深，始終都是國際、兩岸的新聞重點。去年據台客所知，你在某雜誌社（詩刊）當編輯，工作穩定也有助於創作。希望老天爺待你和家人好些，好讓你更上層樓，開創文學新境界。對當代中國文壇詩界有更大的影響力，可以影響更多的人。」

我與臺灣陳福成教授相識是緣，是相識恨晚的緣。僅有二〇〇九年六月在重慶「詩學國際論壇」上的那次相見，他卻怎麼也想不起來，沒印象。不過還好，陳教授是信佛的，他說：「感謝佛陀，感謝緣分。人生有好緣，感覺總是好，就算這輩子我與王學忠不會相見，仍然是人生中的美事一件。」我也是這樣認為。

註：本文刊於河南安陽師範學院秋水文學社，二〇一四年第3期（總第18期），二〇一四年十一月一日出版。

王學忠

河南安陽著名青年詩人，素有「中國平民詩人」之美名。筆者對他有兩本研究專著：《中國當代平民詩人王學忠》、《王學忠籲天詩錄》，兩本都是臺北文史哲出版社出版。

第十一章　讀詩筆記　陳福成〈囚徒〉

陳寧貴

詩人陳福成費時十五年完成的長詩集〈囚徒〉，是五千五百行四百頁巨著，拿到書起初以為會難以卒讀，翻閱之後才發現，內容峰迴路轉引人入勝，暗喻諷刺旁敲側擊，令人目不暇給。

讀者會問，人好端端的為什麼會淪為〈囚徒〉？詩人解謎道：

我突然發現
最該優先殺死的是五個仇人
這五個仇人害人不淺
害死很多人
也害我一輩子
貪、嗔、癡、慢、疑
五個魔鬼
害我當了一輩子囚徒

不錯，人人都是險惡情緒的囚徒，一輩子囚在牠們建造的牢房裡，受盡忐忑徬徨暗無天日之苦。我們當然處心積慮要越獄，要如何越獄呢？由於越獄不易，詩人也會自暴自棄這麼想：

舔食夢境就能滿足
我永遠都不要醒來

這樣畢竟不是正本清源之道，人不可能生活在夢境永遠都不要醒來，醒來，還得看見念經機般女典獄長，它會讓你成為失去尊嚴的山，讓你還存在卻不像生活。你雖可暫時心生妙計，搞個「夜之春秋大業」，但女典獄長絕不會放過你的，被發現會日子更不好過會更慘。另一方面，醒來，仍會遇見五濁惡世的變色叢林，異形不管是綠色還是藍色，都是物種演化的浩劫。囚徒啊囚徒，到底要如何越獄？詩人只能留下這句話讓你去想：

啊！人生，如夢如幻
這部車，如有如空

附：本文發表於《華文現代詩》雜誌，第八期（臺北：二〇一六年二月出刊）。

第十二章 金土贈詩與《華夏春秋》大陸復刊各界祝賀

金土

給臺灣《華夏春秋》雜誌主編陳福成

他是炎黃子孫
他是播種在孫中山上
孔子學院精心培育的一棵樹
根深干壯，枝繁葉茂
幹裡流淌著中華民族的血
葉上寫滿了春秋正義
可臺灣的海風很大

曾把樹枝吹搖、樹葉吹擺
扎在祖籍四川的根
卻從未被吹得搖擺

刊二〇一一年秋季號臺灣《葡萄園》詩刊

讀第二期《華夏春秋》（大陸版）感賦

——兼贈臺灣《華夏春秋》雜誌社社長陳福成先生

金土

繼第一期《華夏春秋》（大陸版）出版發行，
第二期《華夏春秋》（大陸版）又隆重降生。
簡直是神娃，在母體內只懷胎三月，
卻非常健壯，壯得像一座山峰。

看著有形卻無形，
看著無啥卻有特殊本領。

特殊得能讓日月潭水同長江黃河一齊奔流，
特殊得能手托日月星照耀庶民的心靈。

讓我們熱愛她吧！
「宣揚中華文化」一用一千個真誠；
讓我們跟隨她吧！
「闡揚春秋大義」一用一萬個雷霆。

「廿一世紀是中國人的世紀」，
有多少艱巨任務就有多少光榮使命。
作為炎黃子孫，安能不讓華夏春秋，
合《華夏春秋》（大陸版）的中國夢譜寫成功！

注：「」裡的字皆引自陳福成寫給金土的信。
編者註：刊《華夏春秋》詩刊（大陸版），二〇一四年九月總第二期，
以下祝賀書法都是。

《華夏春秋》詩刊誕生抒懷

金土

記住吧！二〇一四年的夏季，
鮮花盛開，樹木蓊鬱。
《詩海》詩刊已創辦四年又三個月，
《華夏春秋》報剛編到十三期。

如果說《華夏春秋》報是我的天，
《詩海》詩刊就是我的地。
沒有天的關愛、地的養育，
我的生活怎能充滿生機、那般壯美？

就在我無比自豪、心存感激之際，
《華夏春秋》詩刊又呱呱墜地。
她剛一誕生，就舉世矚目，
全身披滿了日光星輝。

相信她吧！《詩海》詩刊的會員們，

和《華夏春秋》報的訂閱者們，
她將奉行按季出版的老規矩，
她將讓你們的才智得到更大的發揮！

二〇一八年第三期《華夏春秋》卷首詩

金土

致台灣著名作家陳福成先生

大陸台灣一祖宗，隔山隔水不隔情。
吾編《華夏》①皆褒語，汝創《春秋》②盡贊聲。
吾愛鄉風吾總寫，汝謳國韵汝常評。
更因王老③誠相助，才使期刊火樣紅。

注：①《華夏》②《春秋》，皆指《華夏春秋》期刊。
③王老，《詞壇》雜誌執行主編《華夏春秋》詩刊總顧問王繼祥先生。

二〇一八年六月十六月于水韵奧園

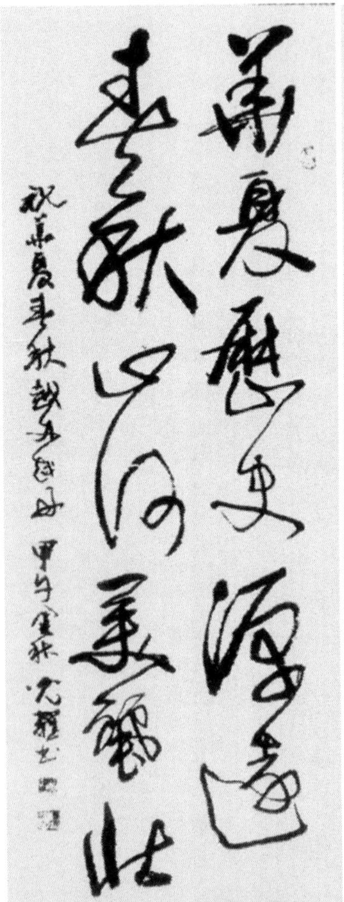

浙江省安吉書法家協會
副主席田光耀題贈

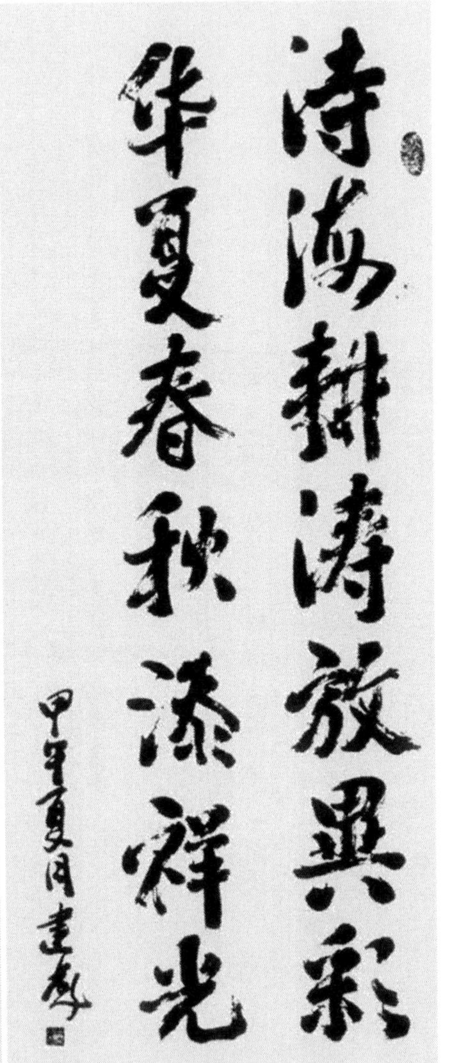

葫蘆島市環保局局長、
本刊顧問羅建彪題

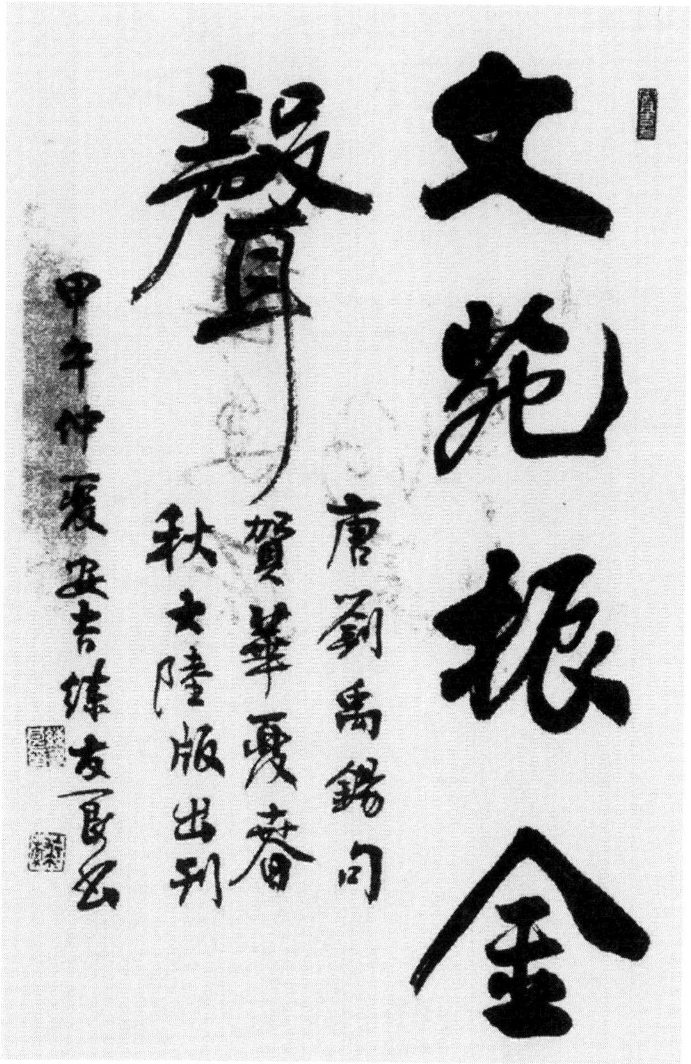

著名書法家、詩人練友良題贈

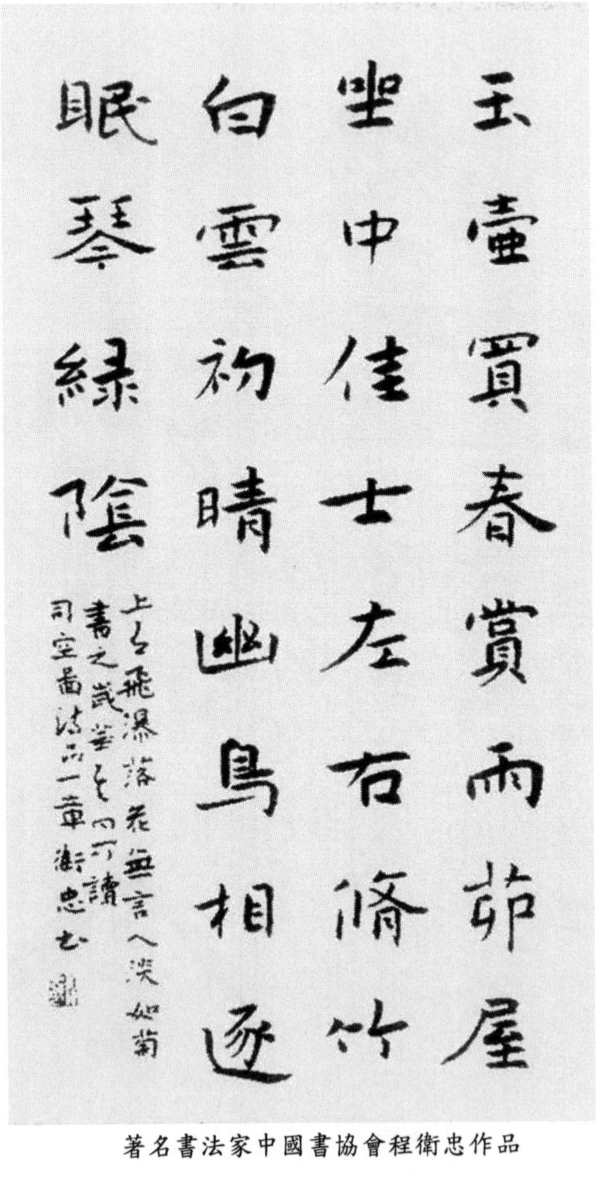
玉壺買春賞雨茅屋
坐中佳士左右脩竹
白雲初晴幽鳥相逐
眠琴綠陰
上有飛瀑落花無言人淡如菊
司空圖詩品一章

著名書法家中國書協會程衛忠作品

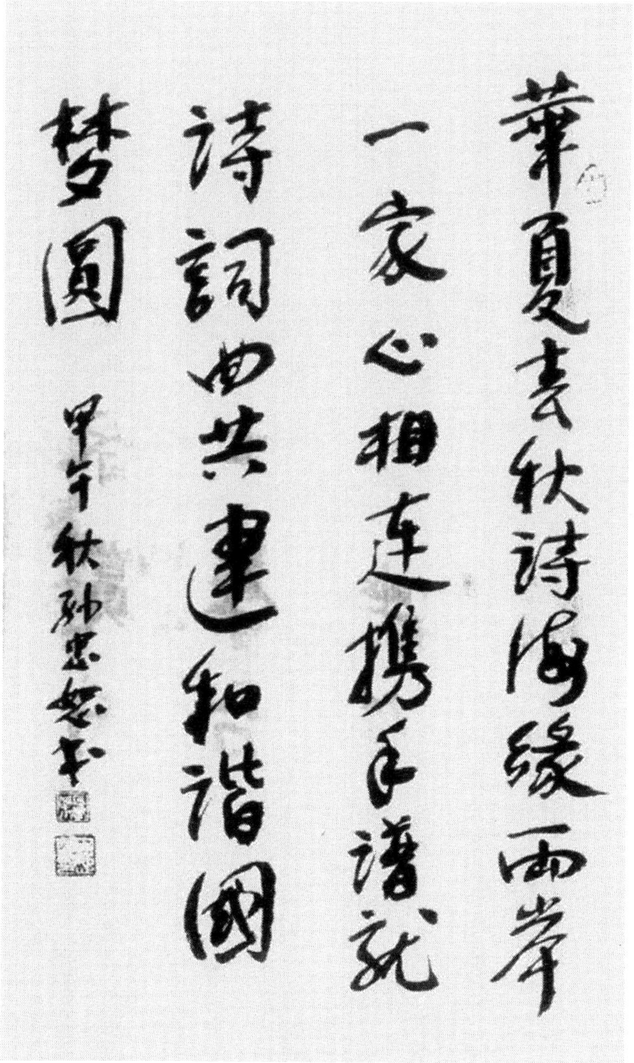
華夏春秋詩海緣兩岸
一家心相連攜手譜就
詩詞曲共建和諧國
夢圓
甲午秋孫忠恕

本刊主編孫忠恕題贈

金土

金土，本名張云圻，遼寧綏中人，一九四二年農曆元月五日，出生在一個普通農民家庭，高中沒讀完就被迫下鄉務農。十五歲開始寫詩，三十歲開始發表作品，從此一發不可收拾，在大陸、港澳台和各國近百個雜誌詩刊發表詩作。

創作六十年，詩作文章數千篇，選擇部分已出版六本詩集：《張云圻詩歌筆記》、《啊，故鄉》、《皎潔的月光》、《情愛集》、《病中詩筆記》、《我愛》。金土素有農民詩人、鄉土詩人、筆記詩人之雅名。

金土編過的刊物亦多，包含筆者在臺灣主持的《華夏春秋》雜誌停刊了，他在大陸復刊，至今正常出版發行中，筆者亦正在研究這位傳奇詩人。

本書著編者補記：陳福成著《中國鄉土詩人金土作品研究——我與遼寧張云圻的《華夏春秋》因緣一書，已於二〇一七年十二月，由臺北文史哲出版社出版。

第十三章　周興春的兩封信

簡論封建政黨——致陳福成先生

周興春

陳福成先生：

您好！感謝您寄來《華夏春秋》第四期，並登載了我的兩封信。

為將封建政黨概念說清楚，今天再論述一下。

政黨是近現代西方民主政治的產物，在西方近現代文明的發展中起了關鍵作用，而且現在仍發揮著極其重要的作用。可以這樣講，沒有西方近現代政黨的出現，就沒有西方近現代文明的輝煌，也沒有遙遙領先於世界其他文明的西方近現代文明。

西方民主政黨之所以發揮如此巨大的作用，關鍵在於它是民主政黨。在對國家政權上，它只是參選黨和一定時期的執政黨。誰贏得大選，誰就是執政黨，贏得大選的執政黨所推舉的人就是總統。國家政權實行三權分立，執政黨只擁有行政權。立法權的獲得也是如此。哪個政黨得的選票多就佔的立法席位多，從而獲得的立法機會多；執政黨不能掌握國家軍隊和司法權；執政黨不能掌握國家經濟，部通過立法機關批准，任何經濟措施不能生效和推行；執政黨不能從國家支付黨的活動和工作人員費用，國家財政不能「養」政黨；國家憲法高於政黨黨章，不管它是在野黨還是執政黨。同樣國家法律高於政黨紀律而不是相反。黨員包括黨的領袖不能凌駕於國家之上。政黨內部實行民主，等等。

當政黨這一組織手段傳入東方的亞洲、非州及東歐、拉丁美洲後，民主政黨的概念則變成了封建政黨的概念，民主政黨則變成封建政黨。

何謂封建政黨？通過暴力奪取國家政權且實行一黨獨裁。國家名義上實行民主，實際一切民主都是假的，民主只是個花瓶而已。使用暴力和專制來維持統治，各級官吏包括國家最高領導人都是封健任命的或自任的；封建政黨直接掌握國家軍隊和其他暴力組織以及司法權，以維持和鞏固自己的獨裁統治；封建政黨直接掌握國家經濟，隨意將自己的經濟思想和措施推行於全國，而不管它的效益和結果如何；封建政黨從國家支付黨的活動和工作人員經費，封建政黨被國家財政「養」著，而且享受著種種特權；封建政黨的黨章高於國家憲法，黨紀高於國法。黨員包括黨的領袖、幹部可以凌駕於國家之上。封建政黨內部不實行民主也不可能有真正的民主。黨的領袖在黨內實行獨裁，等等。

封建政黨可以取得一時的成功，但最終是要失敗的。無論所建立的政權維持多久，最終是要垮台的！如二戰時的以希特勒所建立的法西斯黨為代表的所有政黨。再如以二戰前後蘇聯共產黨為代表的東歐所有政黨。還有非洲、亞洲、拉丁美洲所建立的形形色色的類似的封建政黨。最近完蛋的伊拉克的薩達姆所建立的政黨再次證明了這一真理。任何封建政黨都會失敗的。任何由這種封建政黨所建立的國家政權早晚是要垮臺的，因為民主是各國人民所渴望的，獨裁是各國人民所厭惡的。人類文明的發展是反對封建專制而須要民主的！

以上觀點，僅是粗淺的表達，謹供參考。

祝康安！

周興春　二〇〇六年八月三日

做一名自豪的炎黃子孫

陳福成先生：

您好！昨天收到您的來信，讀後十分感動！一是為您們替我治病而呼吁：您和台客先生自己還匯來了錢，您真實的幫助，助我一臂之力！二是為我們志同道合的同志情誼。我們是中國統一大業的同志，我們是繼承和完善中華文化的同志，我們是發展人類文明的同志！在我有生之年，願我們並肩戰鬥，做一名自豪的炎黃子孫！

你我同年而生，又因詩文相識，情投意合，這是緣分，也是血脈相連的同胞情結！對於西方文明，我們必須採取理性的、科學的、務實的態度對待之。在資本主義出現以後的近現代，西方文明已遠遠的走在其他文明前面。其科學性、先進性是其他文明所無法相比的。我們要老老實實、認認真真地學習西方文明，改造我們的文明，使我們的文明迅速趕超西方文明。這是我們這一代和後幾代人的任務。

臺灣當前雖然亂象叢生，臺獨份子活動猖獗，但臺灣民主政治制度和資本主義社會制度卻在不斷完善和發展中，中國國民黨也由一個實行一黨獨裁的封建政黨進步為民主政黨，這是台灣先進於大陸的不可否認的地方。民主的臺灣將是未來民主的新中國的建設的榜樣，這一點我們必須充分認識到。

大陸二十多年的改革取得重大的成就，社會開始由封建社會主義轉向市場經濟的資本主義社會，這是歷史的進步，也是不可逆轉的潮流，只是封建政黨政治下的政治制度未有多大改進，這一方面阻礙了中國更快的發展，也是執政黨越來越深地陷入腐敗的泥潭而不能自拔，這必將引起政局的變化。時間是驗證一切的明鏡，讓我們走著瞧吧！假如我比您早去見孔老夫子，您就替我驗證吧！

我之所以在病這麼重的情況下，還要從事寫作、教學、科研以及與朋友們交往，一是不能白浪費生命的時光，盡量做點有價值的事情，並記下自己的思想感情傳給後人。二是我必須生產自救，因為每年幾萬甚至幾十萬的醫療經費，須要我自籌，孩子小，正在上學，父母七老八十，儘管有親友和社會各界的幫助，但那只是杯水車薪。所以我不能百分之百的安心養病，請諒解。但這次病重四個月期間，人神智不清、病癱在床，很少能動筆，就連上課也要請人扶進教室，這使我非常痛苦和遺憾，但又萬般無奈！

信就寫到這裡。祝您和您的全家安康幸福！

周興春

周興春，山東德州大學教授、作家、詩人。二〇〇六年十月二十日因病逝世。

第十四章 洛陽《牡丹園》社長海青青函

陳福成詩友：

您好！

您二〇一五年八月十一日的厚厚的信稿和九月十八日來信均已收，勿念！

的確如您所言，我們「多年不見」。但請放心，我不會忘記二〇一一年九月十日下午，海峽兩岸的詩人在鄭州歡聚的情景。每每想起，恍若昨日。正源於此，此後的每期《牡丹園》詩刊都如期寄您。您寄來的稿件雖不多，但常在《葡萄園》詩刊和《秋水》詩刊獨到您新作，所以我們的詩情並未切斷。望我們以後在深入些，好嗎？當然，這責任在我，因受時間和精力所限，給包括您在內的詩友們寄《牡丹園》時，不能另附信箋，談談彼此的生活、工作集創作等。涂靜怡詩姐在這方面做得非常好。她每次來信寄刊物都會或長或短寫一些感言。以後我盡量這樣，好嗎？

雖然我們沒有機會再次相見，但我從未停止過對您們的關注。閒暇時，我常會想，台客和陳福成兩位老師的生活怎樣？身體還好嗎？是否筆耕不輟、詩情不減？什麼時候才能再續前緣、把手相歡？……台客先生前幾年常給《牡丹園》寄稿。近兩年，鮮有新作，是不是身體緣故？還有您，詩歌和散文好像也不多，是太忙碌還是其他原因哪？音信隔絕時，人總愛胡思亂想。

好在還有《牡丹園》，將大家相念相牽。

去年，我又創辦了《大中原歌壇》歌刊。兩刊常常承載著我的生活、工作、追求以及對海內外詩友歌友們的思量，飄千山，渡萬水，抵達遠方的窗口，停泊友人的心岸。真的，塵世間沒有比這更浪漫溫馨的「真人版」劇情了。詩歌是藝術桂冠上的璀燦寶石。今生，我們有幸愛上她，追尋她，陪伴她，又因她結識那麼多志同道合的朋友。想想，我們還有甚麼遺憾、委屈和傷悲？也許我們為此貧窮，但精神卻很富足，內心一樣強大，尊嚴依舊巍峨！

前不久，收到您寄來的一沓兒關於我詩歌作品的評論文章。真的很感動！本想給您回信，以表謝意，但確實力不從心。為此，有必要給您簡單講一下我個人情況。一般我是不愛給詩友嘮叨我個人情況的。因為當下，大家都很不容易，各有各的難處。

從《牡丹園》通聯地址便知，我在洛陽市老城區最繁華的地段開了個不大的書店。每天分早班，午班，晚班。工作時間隨附近學校上下學浮動，成年人不買書，業務只對學生。早班七點到八點半。午班十一點到下午三點。晚班四點到晚上九點。早班後，簡單整理一下內務，就匆匆到圖書城進貨。午班後，午休一小時左右。晚班後，到護城河邊散散步。散步回來，寫一些東西或者整理內務看看書。十二點以前，很少休息。每天必上的聲樂課大概一到兩個小時，都是一邊工作，一邊上課。我的創作也是在這種情形下見縫插針完成。像現在給您寫信，也是在回答學生的問答中進行。您聽聽學生問的啥？叔叔，你在幹嘛？寫小說？叔叔，你怎麼不打電話給朋友？你也可以發短信。叔叔，你用電腦好了，又省事又不花錢……

內地暑假是在七八月，是我最佳創作時段。今年暑假，我生活發生了兩件較大的事兒，打亂了各種計畫。除聲樂課外，創作幾乎停了。八月份《牡丹園》和「秋季號」《大中原歌壇》也因此推遲。最近，才開始排版。這是從未有過的現象。進入九月，塵埃落定，生活才恢復了正常，各種創作全面開花。比如目前，幾篇散文和歌曲《大中原》正在創作整理中。

這便是我未能給您回信的大致情況。請您見諒！雖未能回信，但計畫等耽擱的《牡丹園》和《大中原歌壇》出版後，把您的評論打印出來，寄給一些刊物。沒想到，今天又收到您的來信，您把評論匯集成冊，以《海青青的天空》為書名出版。說實話，讀了信後，立刻就愣住了。恰好，學生們放學。我一邊工作，一邊「靈魂出竅」。等思維的短路恢復了正常，詩一般的感動涌來，沖擊著疲憊的眼案，那是一層層淚的波浪，浪花下的那片海，不就是我們積蓄已久的詩誼？！除了說聲，辛苦了，謝謝您！我真的不知道說什麼好！

我不知道臺灣出版業是什麼概況。在內地，出版一本書實在太不容易了。若是詩人出版詩集，那簡直比蜀道還難！第一，要自費。這對本就清貧的詩人來說，無疑勒住了生活的咽喉。第二，出書後無銷路。多以贈書方式。開書店十餘年，對此深有感觸。我想，天下詩人，莫不如此。估計在臺灣出書也不易吧。您不僅花大量的時間和精力，還要用去大量的錢財，感念之餘，便是揣揣不安。

您的鼓勵和支持，必將化做我更大的前進的動力！

我收到大著後，會一一寄給海內外的詩友們。詩友們一定會跟我一樣驚喜！我會給您回信，介紹這方面情況，好嗎？

再次謝謝您！

送上一千個秋日的祝福！

海青青　二〇一五年九月三十日　洛陽　白椿書樓

海青青

海青青，洛陽青年詩人，原名海青善，河南洛陽人，回族。目前是《牡丹園》詩刊和《大中原歌壇》歌刊主持人。可見陳福成著《海青青的天空》（臺北：文史哲出版社，二〇一五年九月）。

第十五章 文友贈墨寶

陳福成老師
如魚得水

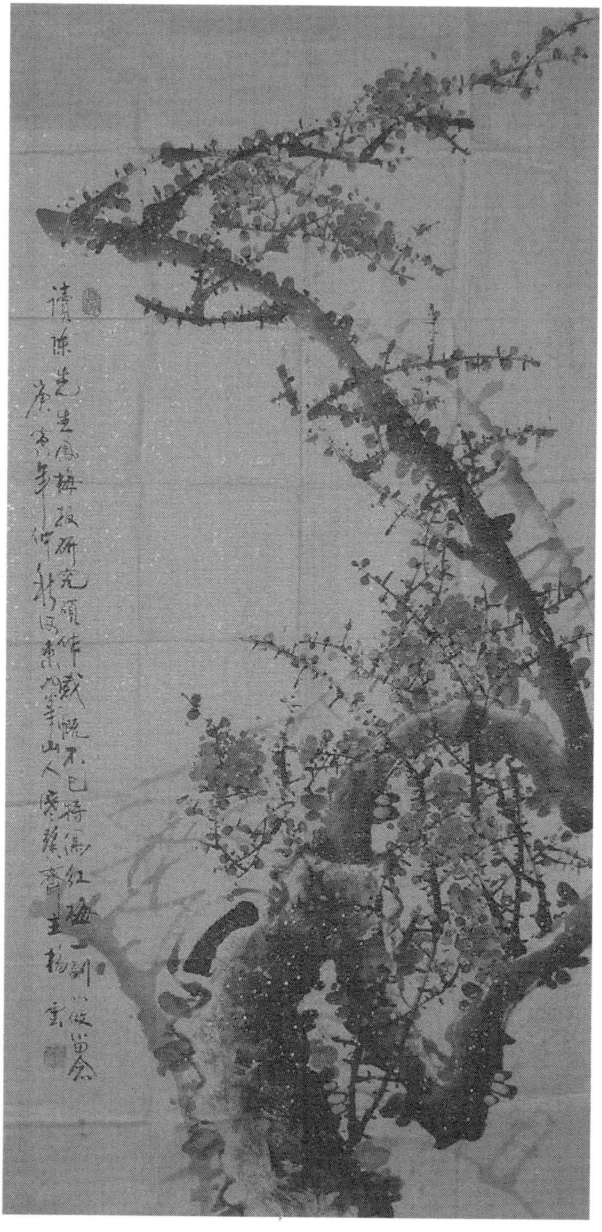
讀陳先生畫梅技研究頗作感慨不已特寫紅梅一副以作留念

陳福成先生雅正
劉有光

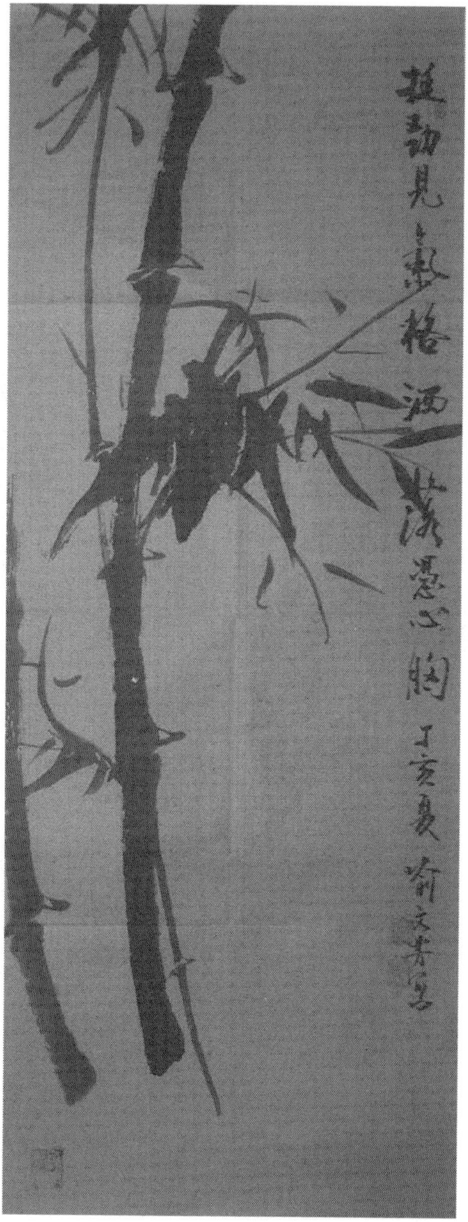
丁亥夏
文青寫

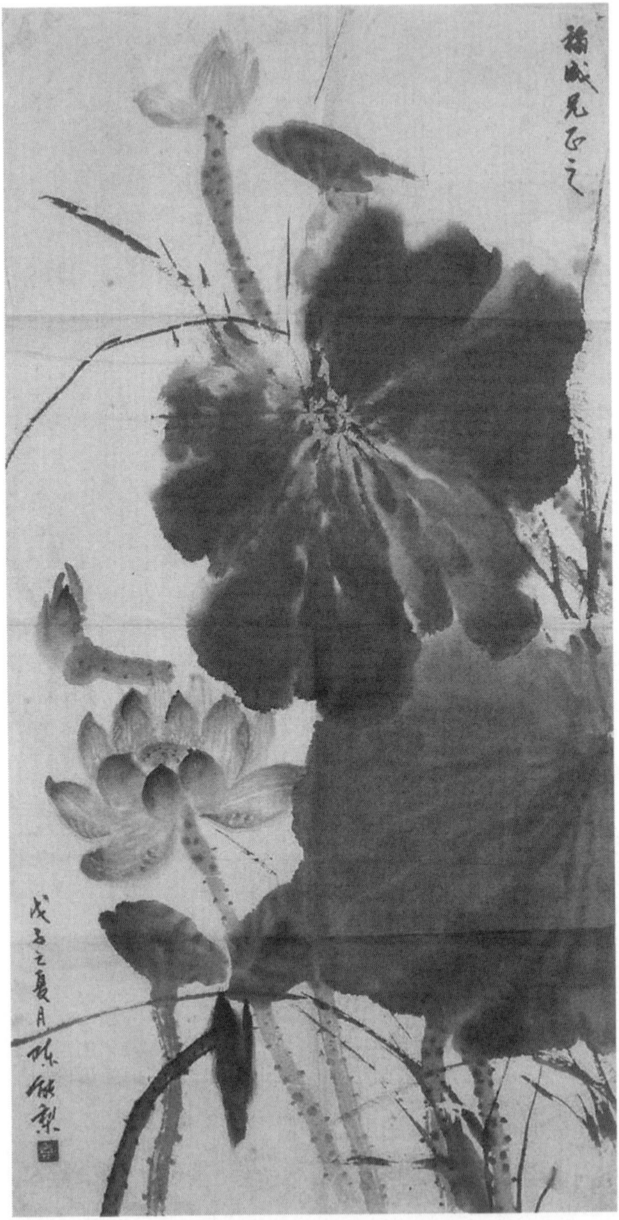
福成兄正之
戊子之夏月

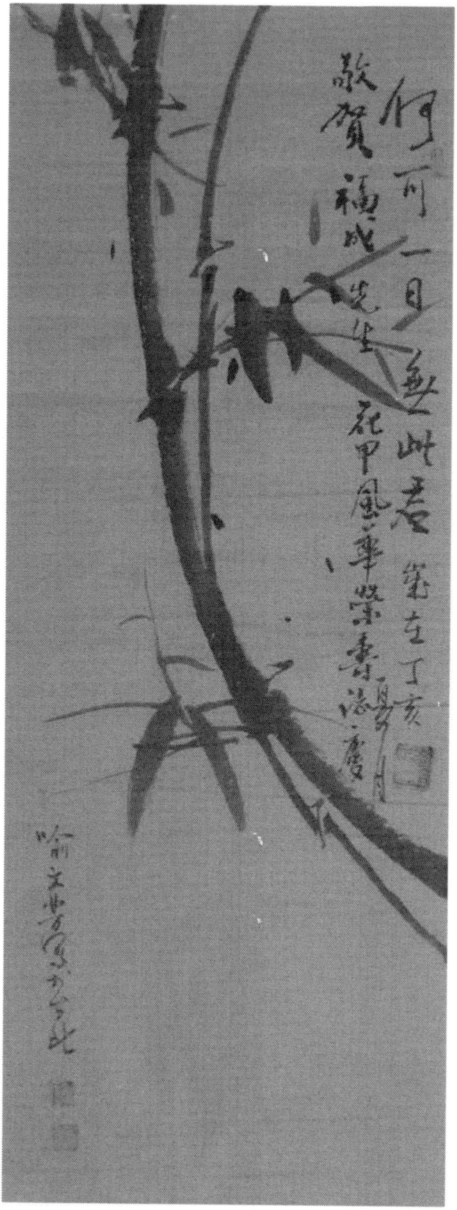
何可一日無此君
敬賀福成先生花甲風華榮壽添慶

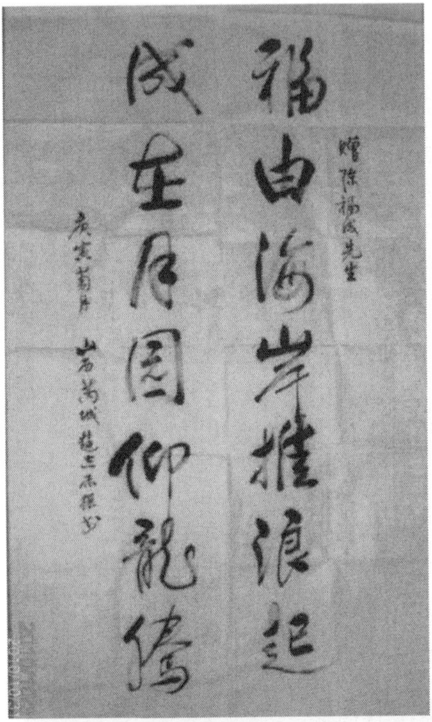

趙志杰作品

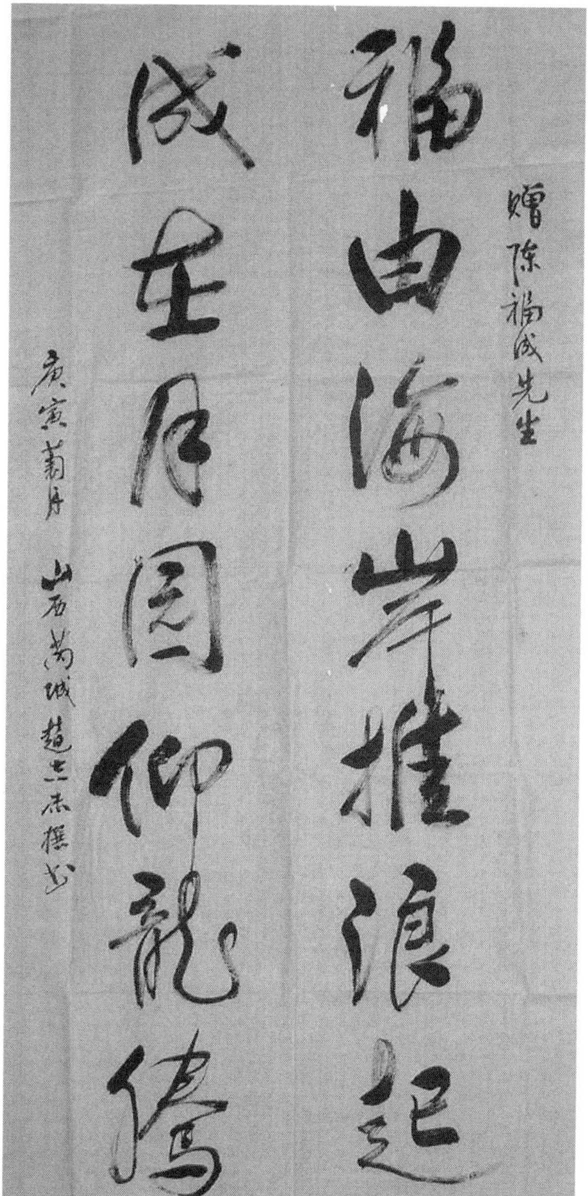
贈陳福成先生
庚寅菊月

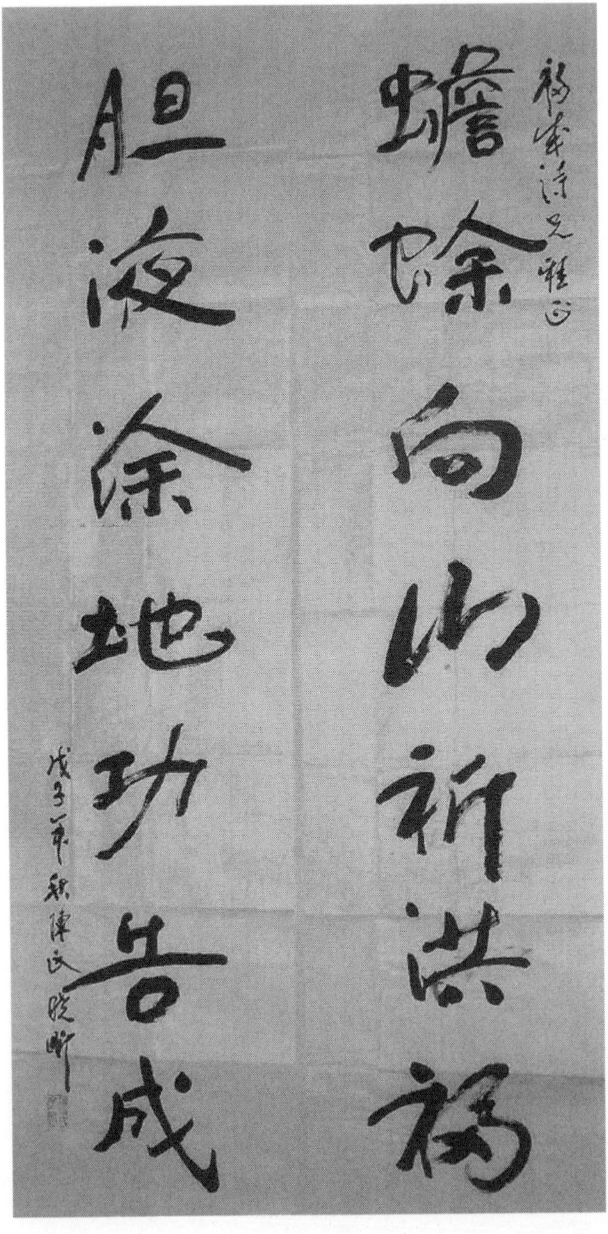

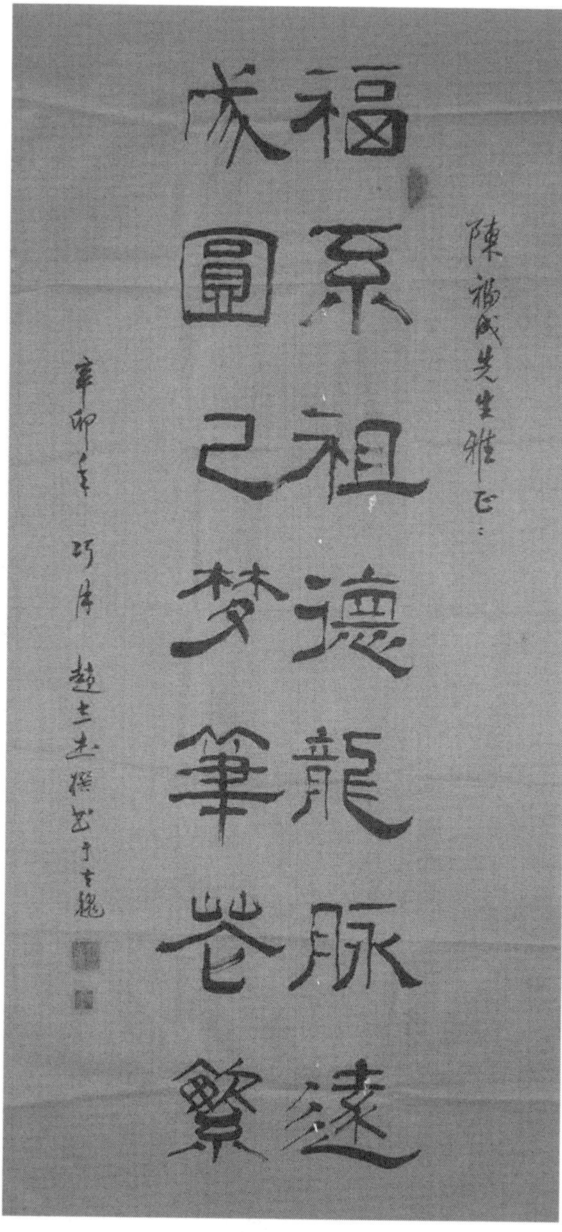
陳福成先生雅正
福系祖德龍脈遠
成圓己夢筆卷繁
辛卯年 巧月 趙士杰撰書于古槐

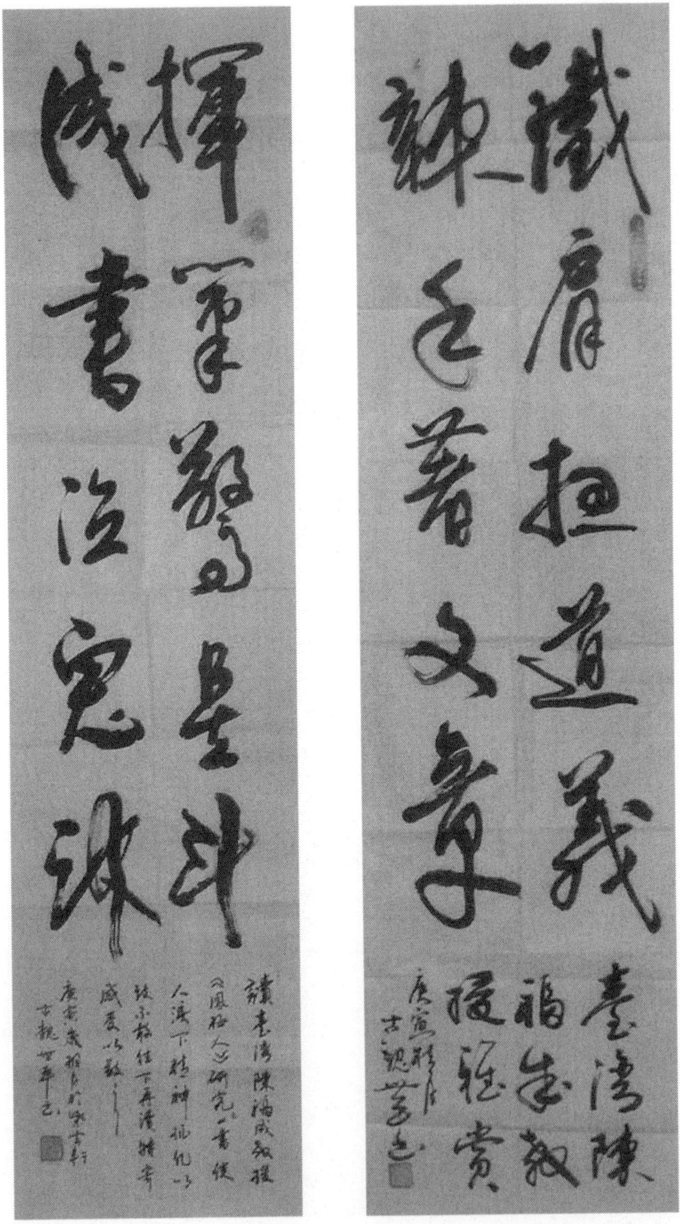

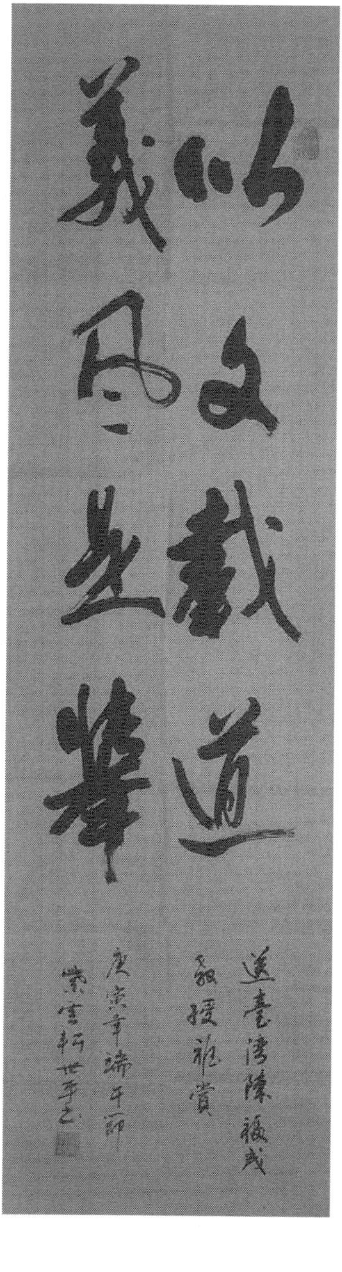

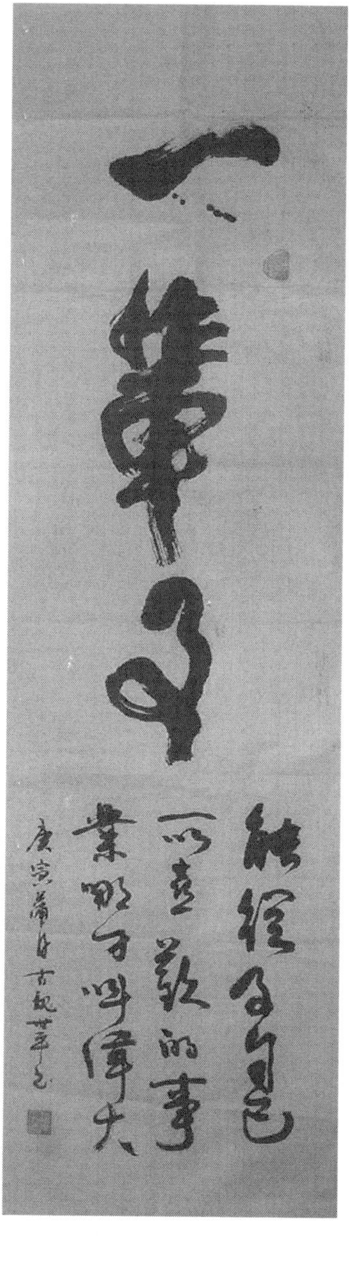

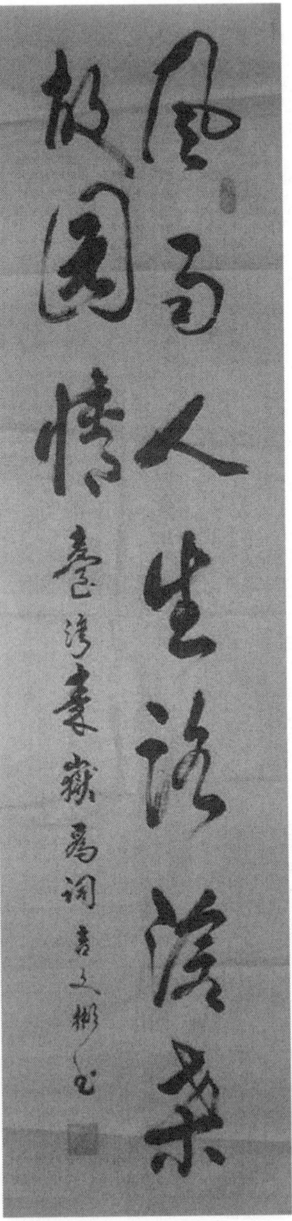

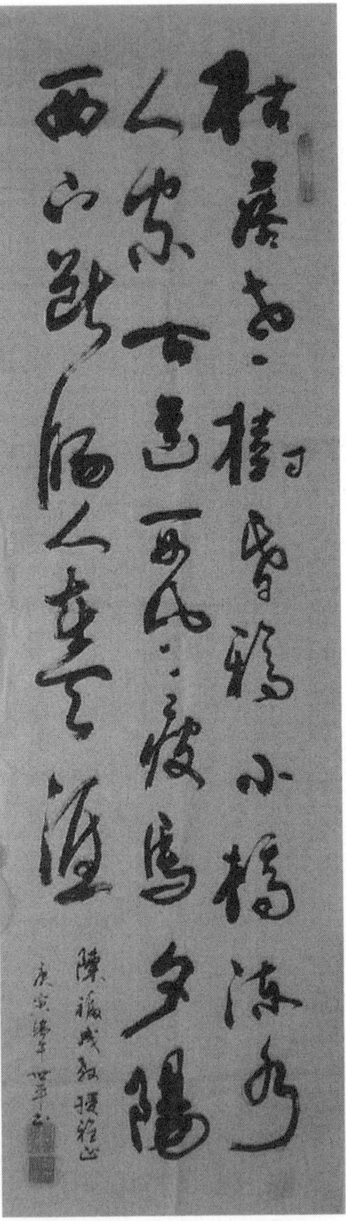

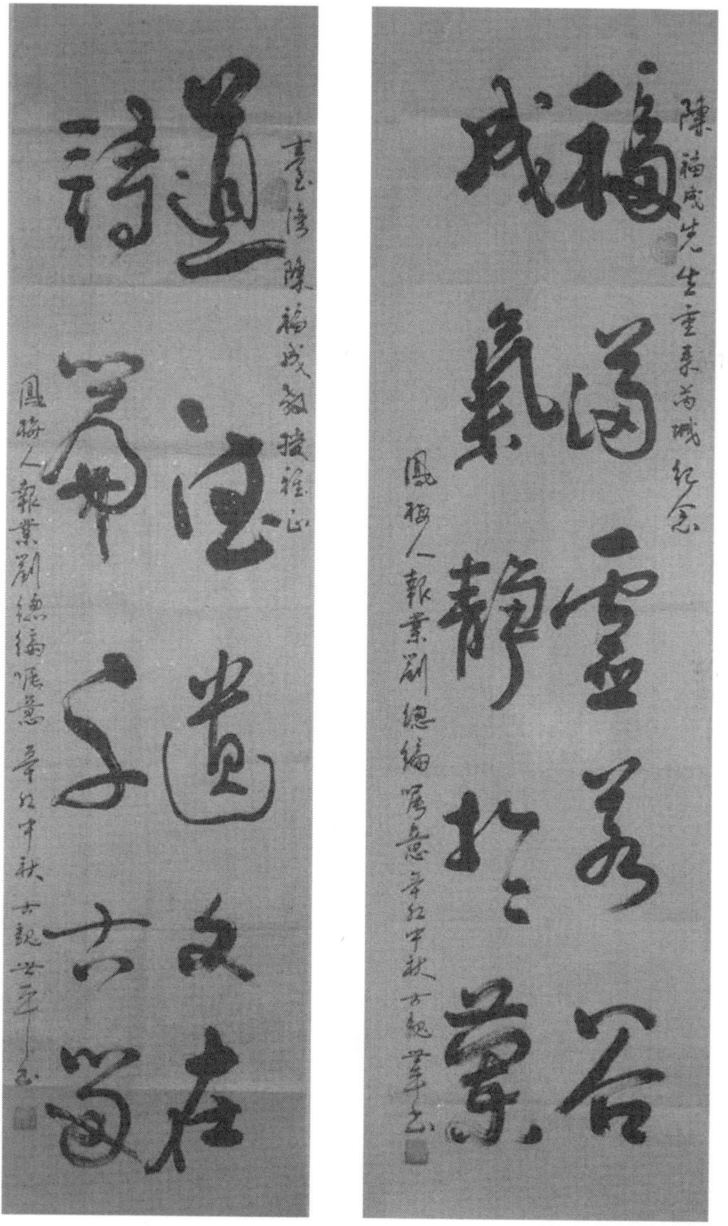

陳根祖情秉一統志揚

長秋大戰

華夏巨龍

福隆卷眾成六合家趣

為陳福成先生尊次光臨
拙作嵌名聯以贈之辛卯秋
河東李金朋

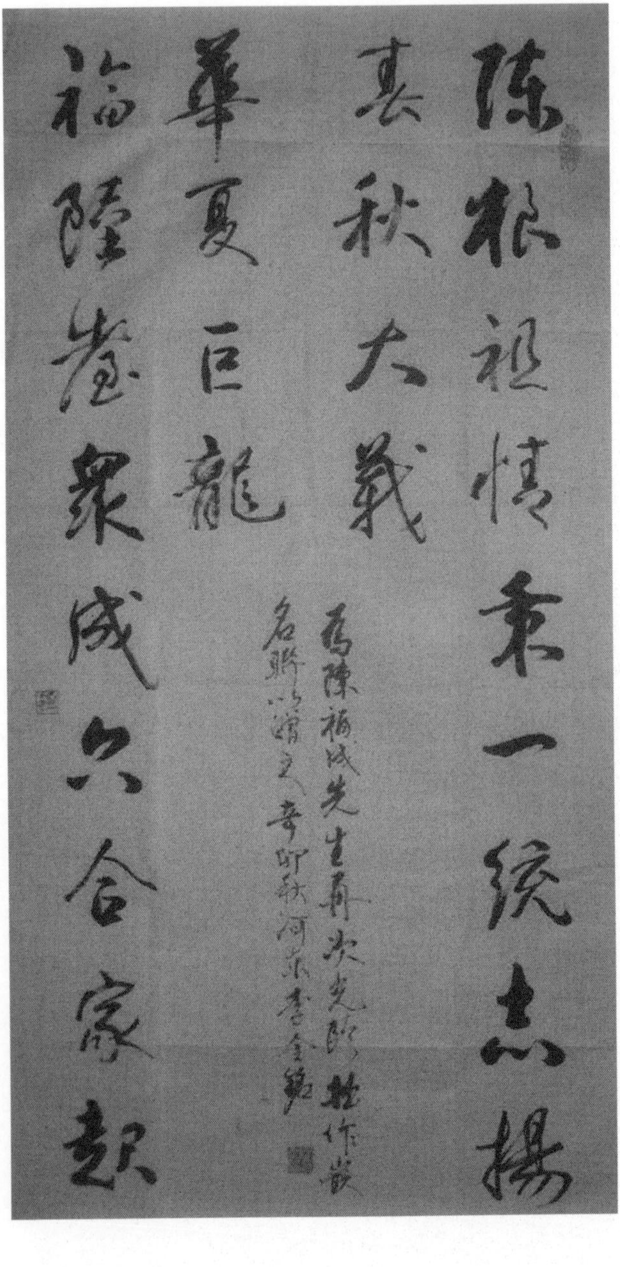

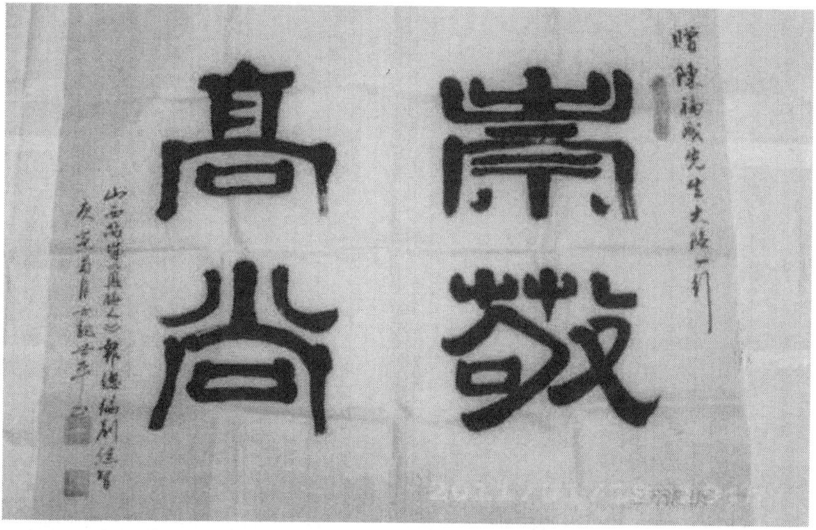
崇敬
高尚

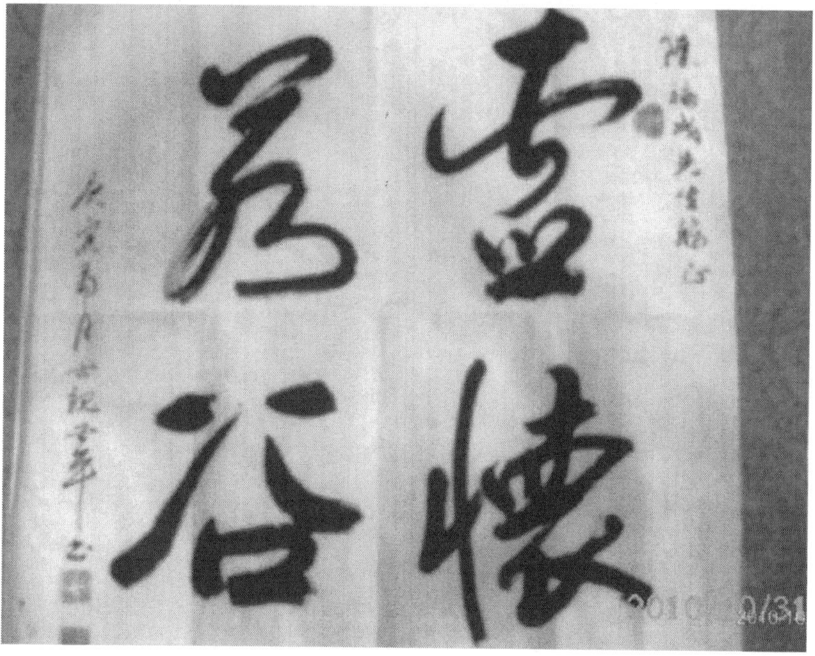
虛懷
若谷

你啊全都容納南腹北春大地罷是

神子中親一就是永遠了元朝隋

你是中國是母親不明陽唐三國前

秋天收穫恆倒清唐五國音

倒的的

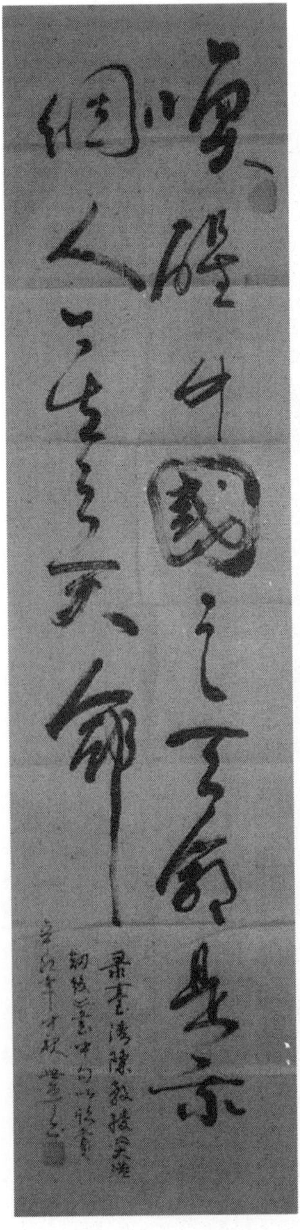

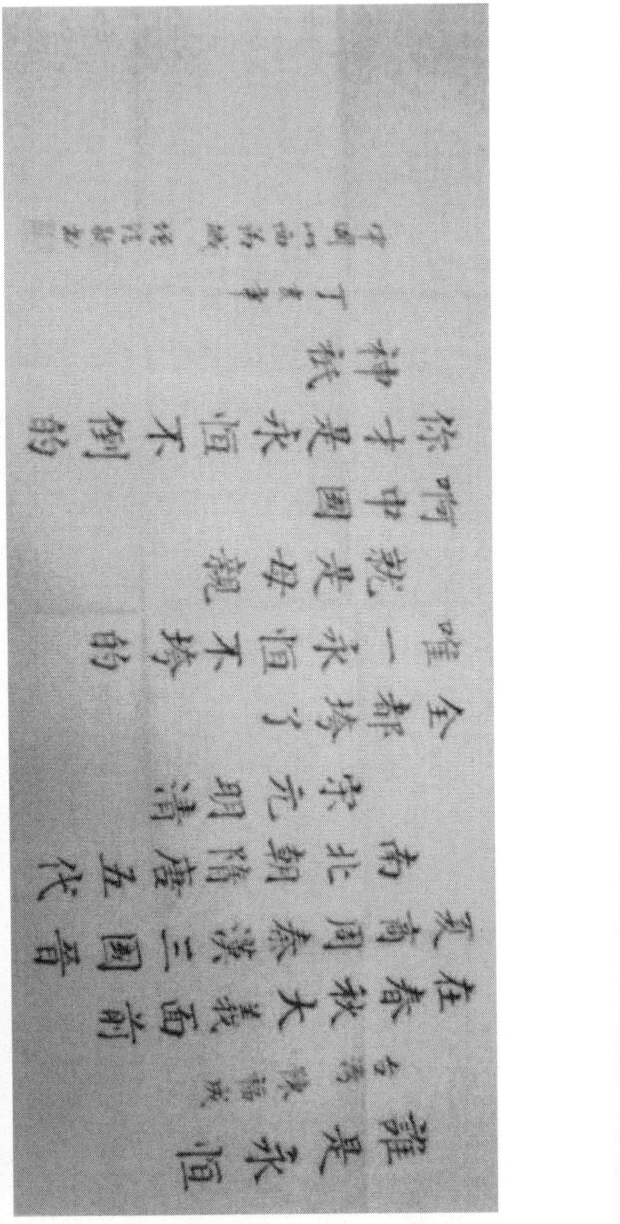

第十六章　高保國詩贊《華夏春秋》與書信

拿到你所寄兩期《華夏春秋》，我的心情特別的激動，我從心底裡表示真摯的感謝！而且，我的兩首詩作還得到了你所關愛，刊發在第三期的《華夏春秋》上。最讓我感動的事，你們在第四期《華夏春秋》“編者的話”欄目中，特別的提到了大陸的幾位同仁，令我敬佩。感激之言，附新創拙作表達致謝！

（一）

《華夏春秋》系中華，
唯有統一興吾國；
兩岸民聲訴不住，
同心共繪世紀花。

（二）

春風氣度九州美，
秋水詩句傳文化；
弘揚民族促和諧，
團結寫強盛華夏。

此致祝《華夏春秋》成為兩岸人民文化交流的棟梁和平的使者。

高保國　二〇〇六年八月一日

陈秋长、凤妍并主编：

拿到你们寄来的创刊号《华夏春秋》，我的心情特别的激动，我从心底里表示真挚的感谢！那么，我的两首诗作也得到了你们的关爱，刊发在第三期的《华夏春秋》上。最近我感动的事，你们在第四期《华夏春秋》编者的话栏目中，特别的提到了大陆的几位同仁，令我敬佩。感激之言，附新创拙作表达致谢！

寄语《华夏春秋》

〈一〉

《华夏春秋》系中华，
唯有统一兴吾国；
两岸民众诉不住，
同心共绘世纪花。

〈二〉

春风先援九州美，
秋水诗句传文化；
弘扬民族促和谐，
团结富强盛华夏。

此致

祝《华夏春秋》成为两岸人民文化交流的桥梁和平的使者

江海文艺编辑部
高保国
2006.8.1

20×15=300

那是你

高保国

睡梦中
远方的雪花
画着一朵红彤云

节日里缤纷的彩旗
嘀咕一首凯旋的歌
那是你
在流下相思痛苦

长夜里
凄冷的月光
转动着你我初次脚印

江海文艺编辑部·便笺

(1)

那是你
在遥遠 昨日的光明
誰说你
找不到我的身影
你瞧
星河上那顆
灿烂的宝石
那就是我和你銀色的心

作者简介：（职務：江海科技文化研究会会長）
高保国 男 75岁 现为江苏省作家协会会员
江苏如东作家协会副秘书长，《江海文艺》
主编。著有诗集《阳光下的世界》、散文集《海的魅力》
小说集《意外的恋情》。作品曾获全国征文比赛等奖。

福成先生：您好！

迟复为歉！近几個月來工作确实繁忙，您的來函我或細阅，很同意 來见語家。万分感谢您对我及女儿的提携。

今天又收到您送到的祝福！令我們全家都十分感动，祝先生多多保重

多多福壽多多！春節愉快！財源廣多！

另外，我想您的《[illegible]春秋》是否需要再印呢？大约什么时候印呢？如果需要再印，我想助您一臂之力，尽我所能及的力量。我想与您合作出版如何？我具体的设想：一律由大陸几个合作單位（如东县管子研究会、如东县张謇研究所、如东县江海科技文化研究会）出資印刷，在書上印上這些單位（合作）的名字，以大陸聯絡處（黄顺萌商國公司印刷），大陸留其餘向台灣只留500份寄去。不知如何？我們可以資源共享，互惠互利，共同繁荣大陸与台灣的文化，推动兩岸文化的交流，开啟大陸文化与台灣文化的新篇章。

若想您促成我們合作成功，把《[illegible]春秋》發揚光大，

15×20=300 如东县行政审批服务中心 第 1 页

成为我们友谊的桥梁，又为中华民族的文化发展尽一份公民的一份力量。如果您愿意合作的话，请早日回函。我们就来个"前无古人，后无来者"的创新举措。

如果能成功的话，签约后，我们就可以开始办第一辑，稿源大陆台湾的作者按时间顺序排列登（在保持以上情况下），文字审稿台湾由您审，大陆由我审。

还有一件事，您给我联系联系台湾出版社，我们大陆有一部分作者，合作出来的作品想到台湾出版，内容也适宜台湾出版，那台湾出版行业具体有什么规定呢？望能及时告知。

现在我们大陆出版社，也从过去的行政事业单位改制为企业单位，再也享受不到政府的优惠政策了，自负盈亏。所以台湾方面的出版行业必须抓住机遇，在出版上用潜在方式向大陆开辟出版市场，拓展出版业务。对于台湾出版界也是一个极大的好势头。我个人认为：在学术上只要适当改流，台湾和大陆的民间文化交流一定会繁荣的，中华民族的文化艺术将会更加源远流长。双方都要以发展文化为目的，同时又促进了两岸的经济，这种双赢的事情有什么不可以呢？如：近期台湾开放大陆居民去台湾观光旅游的政策，就充分说明了这一点，民间交流的确对两岸老百姓带来了福祉。

望您考虑，等待回音。

（附：陈福成和如皋的书评发表在《如皋〈蔚蓝园〉》评刊，能否寄一份样刊我看，不要的话就不要了。如要买的寄去，我寄上汇款。回来信）

此致

祝您和您的家人新年快乐无限！

代我向台湾老乡问好！

希望您按时回信！

晚生：高保国

2009年12月31日

于寓所

15×20=300　　如东县行政审批服务中心　　第3页

福成兄：你好！

书、刊均收到，看到我们节节高兴，希望我们合作成功！我会加紧实施《华夏春秋》的复刊计划。首先需要解决的是《华夏春秋》刊号的一系资料复印件，以及你社长及《华夏春秋》社委托我担任主编的聘书或委托书（社长仍由你担任）其他编委人员除你提供的名单外，另外增加大陆上的社会知识界的知名人士，以便更加扩宽了杂志的知名度和分量。

关于办刊宗旨仍然以宣扬《春秋》正义，熟谙的思想，这是中华民族复兴所需的精神

P1

20×15=300　　如东县人民检察院（　　）

实质（我个人之言）例以说办刊思想不变。
办刊形式不变。仍沿用原刊的体例，16开
本，64页码，4号排版，封面200g铜版纸，内芯
70克双胶或轻型纸，本刊内容诗歌、散文、小
说、报告文学、社会科学、政治文章不限，
包容兼备。办刊地址不变，另增加大陆
投稿、订阅处，订价不变。至于赠送本
少则本季本社由你定夺，但不限过500册
、本刊将均由我大陆寄出，你提供台湾地

便贈別的對象（个人或單位）通訊名录就行了、即要人辦由我来处理，另外你要贈給大陸的對象你也把名單給我就行了。此事我會办妥的。

你放心，我跟紀修能把贺刘之事承担起来，我会想一切办法維護李老的声誉，不能讓你經營好幾十年的，我会尽力朝更好的方向發展壯大。總結接下去就是刊物的方針。要合時代潮流的精神，一方面台灣的文壇由你們發表；一方面由他們把稿件投到大陸外，一方面由你存稿也行。台灣來稿我會按時間按原量刊登。大陸稿我按順。其他需要宣傳的，你要加以說明。我爭取死之月底回月初把刊物印刷起來。希望你要收集我們需的資料，我才好辦。

P4

請印刷刊物的事宜，速回來，急盼回音！

此

祝順簽約出版，樂我們合作成功

晚安！

高保國

二〇一三年九月十日

20×15=300　　如东县人民检察院　P5

陈福成兄：您好！

今有一事求助于你，我的一位大学教授，这些年被"打成右派"，现在他写了一部书，因为内容涉及"中国农业"里面有些"左右"的东西，火药味较浓，大陆的出版社不可能出版，为此，我想请你推荐联系一家台湾有名的出版社，给予出版，了却这位老人的心愿。我请你把出版（台湾）编辑出版的，最主要的书号（价格）需要多少？（人民币）书要多少字。我详细地问了一下，此书台湾应该可以出版！望速回复，详情告知！

祝陈兄健康长寿、快乐！

弟：高保国
2011.9.9

第十七章　詩爲紐帶　詩可通心

──讀陳福成《我讀上海〈海上詩刊〉》有感

費　碟

近日，朱珊珊給了我一本由文史哲出版社出版的《我讀上海海上詩刊》的書，是台灣詩人陳福成先生對《海上詩刊》的專論。一個台灣詩人如此專注地研究論述上海私人社團的詩歌與詩評，讓人意外也由衷欽佩，如用世俗的眼光是無法想像的，由此突然想到了唐朝詩人高適的詩句：莫愁前路無知己，天下誰人不識君。看來，詩行同道，隨性所致，在物欲橫流，利慾薰心的現實社會中，能有如此同道，敬意油然而生也深感萬里之外有知己，欣然之餘，也想深情地問候一聲，春去冬來，詩人請多保重！

臺灣詩人，用中國文化歸類，當然是同根同源；由於相隔海峽不曾相見但久聞大名的詩人不少，陳福成當然也是其中之一，詩情性情兼有之人同道中人哪有不知其名的？讀罷全書，敬佩感恩之餘，還願當下，似乎要說的話也有不少，由於近來雜物頗多，想寫與想說似乎也停頓了多日，有時靜下心來覺得也不錯，何必風風火火呢？然而陳福成的書，讓我感覺還是禁不住來了頗多聯想。

首先是感謝作者讀的認真，評的專業，寫的到位，可以說是我們學習的榜樣。從海上詩刊51集到68集，凡是收到的詩刊，他都非常認真的地閱讀和梳理了一遍，而且做了專業而精準的評析，對海上詩刊的同仁，無礙是個巨大的鞭策和鼓舞，也期待更多的詩友中得到幫助和啟迪，寫出更多更好的詩做，無愧上海這座偉大的城市。

說到這裡也就想說二點，一是寫詩作詩，學點杜甫的語不驚人死不休的精神，力求有創意有真情有藝術特色請人過目聞過則喜，不要聽不得不同意見；詩作放到朋友圈，盡可能自己覺得滿意；不要不管三七二十一，不管靠譜不靠譜，任何人的時間和精力，都是寶貴的，要彼此珍惜。二是看詩讀詩，不要閉起眼睛瞎起鬨，空話套話地讚美幾句，過後就忘，於與人於己都不太好。詩壇是客觀的，靠權力靠關係靠資源去贏得一時的喝采和發表，既浪費了有限的版面資援，也會玷污報刊雜誌的公信力和權威性。無論作者，還是讀者都應當以此勉勵自己。提醒自己。

第二是在熱熱鬧鬧、大大小小的詩歌活動中，我們可以經常搞些切磋交流，努力提高大家對詩歌的鑒賞和分析水準。

前些日子長衫詩社邀請張熚老師就短詩之美的專門上課，感到收益頗豐，不僅講得專業精闢，從十四個方面論述了短詩的精美，而且每個特點都用二三個案例作了精闢分析，非常透徹；社科院的潘頌德教授在溫馨詩社也專門開課，從八個方面談了新詩創作；楊逸明在新聲詩社也專門講解了格律詩詞的寫作技巧和基本要……等等。而今回想起來，結合陳福成先生新著，對十幾期的《海上詩刊》作了有詳有略的從理論到實踐的分析，真覺得開設詩歌欣賞課程已經到了非常必要的階段，而且針對性越強，可能效果越好。

很多人喜歡詩歌，熱情創作，臺灣學者古繼堂說臺灣同胞有上萬人寫詩；大陸學者古遠清說有五百萬人寫詩。這兩位姓古的學者所說，不要說陳福成相信，我認為還是保守的。在這樣一個龐大的詩歌愛好者中，有一部分活躍在各類詩社中，相當多的人，停留在粗淺的似是而非的認識上，星星點點的詩社版圖和詩人群體中，多麼需要有個權威而持續性的詩品鑒平臺，讓這類群體有所樂有所學，從而帶動整體人群的鑒賞水準。可以說，陳福成為海上詩社豎起了標杆，梳理了針對性極強的詩歌案例分析，為提高作者的寫作水準起到了積極的勉勵作用，對讀者的鑒賞能力起到了有益的導向作用。為此，我們應當點贊為這位無私奉獻詩歌藝術而熱憂服務廣大詩人的同胞，點個大大的益讚。

第三是宣導風清氣正的實事求是的讀與評的詩歌環境。記得海上詩社出二套叢書時，要我為每個作者寫個短論，字數控制在六七百字。如何評？我尊崇起碼的二點，一點不要說假話，誤導人；二是不要面面俱到，只講有特色有亮點的。好的提倡發揚，不足的不夠的，最多口頭說，書面上要慎重。

《孫子兵法》話：「人無常師，水無常形。兵無常勢，文無定法。」沒有定法不是說沒有基本規律和法度，也就是遵循「文有大法無定法」的宗旨，詩也一樣，好詩既無標準又有標準，有創意有新意有鮮活的生活有切膚的情感等都是基本要求，詩歌的形與神，能不能有血有肉地展現出來、栩栩如生地結合起來，是能否具有詩境的重要因素，形態分行，看似像詩而沒有一點靈性神性的詩，就不是真詩，就是押韻了，有節奏感了，充其量是順口溜、歇後語等。所以，我反對在詩歌問題上情緒化傾向，熟人朋友就盲目地叫好，不好也好；觀點不同，情趣相左，好也不好。情緒化意氣用事，這就毫無意義了。詩社既要有寬闊的胸懷，容納各派各流；又要有實事求是，敢於直言的展開詩歌批評，當然也要有自己詩社的特色專長。詩社應當有針對性的對具體作品開展批評交流，提高鑒賞力和創作水準。

上海的各類詩歌社團，如學校、社區、自發的詩社，沒有精準統計，無論出於怎樣的初衷，引導提高有益，寫詩讀詩賞詩，出新出彩出人，應當成為詩社的天職，詩人有國界有壽命，而好詩真詩可以跨區域跨時空。這就是我從陳福成新著中得到的啟發和感受。

上海《海上詩刊》（總第76期，2018年8月20日）

附件

陳福成生命歷程與創作年表（只記整部出版著作）

民國四十一年（一九五二）一歲

△元月十六日，生於台中縣龍井鄉，陳家。

民國四十八年（一九五九）八歲

△九月，進台中縣大肚國民小學一年級。

民國四十九年（一九六〇）九歲

△夏，轉台中市太平國民小學一年級。

民國五十年（一九六一）十歲

△春，轉台中縣大雅國民小學六張犁分校二年級。

年底搬家到沙鹿鎮，住美仁里四平街。

民國五十一年（一九六二）十一歲

△轉台中縣新社鄉大南國民小學三年級（月不詳）。

民國五十四年（一九六五）十四歲

△六月，大南國民小學畢業。

△九月，讀東勢工業職學學校初中部土木科一年級。

△是年，開始在校刊《東工青年》發表作品。

民國五十七年（一九六八）十七歲

△六月，東工第一名畢業，獲縣長王子癸獎。

△八月三十一日，進陸軍官校預備班十三期。

持續在校刊發表作品，散文、雜記等小品較多。

民國五十九年（一九七〇）十九歲

△春，大妹出車禍，痛苦萬分，好友王力群、鍾聖錫、劉建民、虞義輝等鼓勵下接受基督洗禮。（數十年後，我對基督教產生很多疑問，中年後皈依星雲大師座下。）

民六〇年（一九七一）二十歲

△六月，預備班十三期畢業。

△七月，同好友劉建民走橫貫公路（另一好友虞義輝因臨時父親生病取消）。

△八月，升陸軍官校正期班四十四期。

△年底，萌生「不想幹」企圖，四個死黨經多次會商，一直到二年級，未果，繼續讀下去。

民六十四年（一九七五）二十四歲

△四月五日，蔣公逝世，全連同學宣誓留營以示效忠，僅我和同學史同鵬堅持不留營。（多年後國防部稱聲那些留營都不算）

△五月十一日（母親節），我和劉、虞三人，在屏東新新旅社訂「長青盟約」。

△六月，陸軍官校四十四期畢業。

△七月，到政治作戰學校參加「反共復國教育」。

△九月十九日，乘「二二九」登陸艇到金門報到，任金防部砲指部斗門砲兵連中尉連附。

民國六十五年（一九七六）二十五歲

△醉生夢死在金門度過，或寫作打發時間，計畫著如何可以「下去」（當老百姓

去），考慮「戰地」軍法的可怕，決定等回台灣再看情況！

民國六十六年（一九七七）二十六歲

△春，輪調回台灣，在六軍團砲兵六〇〇群當副連長。駐地桃園更寮腳。

△五月，決心不想幹了，利用部隊演習一走了之，當時不知道是否逃亡？發生「逃官事件」，險遭軍法審判。

△九月一日，晉升上尉，調任一九三師七七二營營部連連長，不久再調任砲連連長，駐地中壢。

△十一月十九日，「中壢事件」，情勢緊張，全連官兵在雙連坡戰備待命。

民國六十七年（一九七八）二十七歲

△七月，全師換防到馬祖，我帶一個砲兵連弟兄駐在最前線高登（一個沒水沒電的小島），島指揮官是趙繩武中校。

△十二月十五日，美國宣佈和中共建交，全島全面備戰，已有迎戰及與島共存亡的心理準備，並與官兵以「島在人在，島失人亡」共盟誓勉。

民國六十八年（一九七九）二十八歲

△十一月，仍任高登砲兵連連長。

下旬返台休假並與潘玉鳳小姐訂婚。

民國六十九年（一九八〇）二十九歲

△七月，換防回台，駐地仍在中壢雙連坡。

△十一月，卸連長與潘玉鳳小姐結婚。

民國七〇年（一九八一）三十歲

△三月，晉升少校（一九三師）

△七月，砲校正規班結訓。

△八月，轉監察，任一九三師五七七旅監察官。（時一九三師衛戍台北，師長李建中將軍）。

民國七十一年（一九八二）三十一歲

△三月，仍任一九三師五七七旅監察官。駐地在新竹北埔。

△現代詩「高登之歌」獲陸軍文藝金獅獎。當時在第一士校的蘇進強上尉，以「青青子衿」拿小說金獅獎。很可惜後來走上台獨路，不知可還有臉見黃埔同學否？

△長子牧宏出生。

△年底，全師（一九三）換防到馬祖北竿。

民國七十二年（一九八三）三十二歲

△六月，調任一九三師政三科監察官（馬祖北竿，師長丁之發將軍）

△十二月，調陸軍六軍團九一兵工群監察官。

民國七十三年（一九八四）三十三歲

△十一月，仍任監察官。

△父喪。

民國七十四年（一九八五）三十四歲

△四月，長女佳青出生。

△六月，〈花蓮十日記〉（台灣日報連載）。

△八月，調金防部政三組監察官佔中校缺，專管工程、採購。（司令官宋心濂上將）

△九月，「部隊管教與管理」獲國防部第十二屆軍事著作金像獎。

△今年，翻譯愛倫坡（Edgar Allan）恐怖推理小說九篇，並在偵探雜誌連載，多年後才正式出版。

民國七十五年（一九八六）三十五歲

△元旦，在金防部監察官晉任升中校，時金防部司令官趙萬富上將。
△六月，考入政治作戰學校政治研究所第十九期三研組。（所主任孫正豐教授、校長曹思齊中將）
△八月一日，到政治作戰學校研究所報到。開始兩年的研究生生活。

民國七十六年（一九八七）三十六歲

△元月，獲忠勤勳章乙座。
△春，「蔣公憲政思想研究」獲國民黨文工會學術論文獎。
△九月，參加「中國人權協會」講習，杭立武當時任理事長。
△今年，翻譯愛倫坡小說五篇，並在偵探雜誌連載，多年後才正式出版。

民國七十七年（一九八八）三十七歲

△六月，政研所畢業，碩士論文「中國近代政治結社之研究」。到八軍團四三砲指部當情報官。
△八月，接任第八軍團四三砲指部六〇八營營長，營部在高雄大樹，準備到田中進基地。（司令是王文燮中將、指揮官是涂安都將軍）

民國七十八年（一九八九）三十八歲

△四月，輪調小金門接砲兵六三八營營長。（大砲營）（砲指部指揮官戴郁青將軍）

△六月四日，「天安門事件」前線情勢緊張，前後全面戰備很長一段時間。

民國七十九年（一九九〇）三十九歲

△七月一日，卸六三八營營長，接金防部砲指部第三科作戰訓練官。

△八月一日，伊拉克入侵科威特，海峽情勢又緊張，金門全面戰備。

民國八〇年（一九九一）四〇歲

△元月、二月，波灣戰爭，金門仍全面戰備。

△三月底，輪調回台南砲兵學校任戰術組教官。（指揮官周正之中將）（以後的軍職都在台灣本島，我軍旅生涯共五次外島，金門三，馬祖二。）

民國八十一年（一九九二）四十一歲

△三月，參加陸軍協同四十五號演習。

△六月，考入三軍大學陸軍指參學院。（校長葉昌桐上將、院長王繩果中將）

△七月四日，到大直三軍大學報到。

民國八十二年（一九九三）四十二歲

△六月十九日，三軍大學畢業，接任花東防衛司令部砲指部中校副指揮官，時中

校十一級。（指揮官是同學路復國上校，司令官是畢丹中將）

△九月，有同學相伴不寂寞，後來我離職時，同學指揮官送我一個匾，上書「運籌帷幄，決勝千里」。可惜實際上沒有機會發揮，只能在紙上談兵，在筆下論戰，幾年後路同學升少將不久也退伍了。調原單位司令部第三處副處長。

△這年經好同學高立興的努力，本有機會調聯訓部站一個上校缺，卻因被一個姓「朝鮮半島」的同學「穿小鞋」，功敗未成，只好持續在花蓮過著如同無間地獄的苦日子。

民國八十三（一九九四）四十三歲

△二月，考取軍訓教官，在復興崗受訓。（教官班四十八期）

△四月，到台灣大學報到，任中校教官。當時一起來報到的教官尚有唐瑞和、王潤身、劉亦哲、吳曉慧共五人。總教官是韓懷豫將軍。

△四月，老三佳莉出生。她的出生是為伴我中老年的寂寞，從她出生到小三，洗澡換尿片三更半夜喝奶，全我包辦，三個孩子只有她和我親近。

△七月，母喪。

△十一月，在台大軍官團提報「一九九五閏八月的台海情勢」廣受好評。

民國八十四年（一九九五）四十四歲

△六月，「閏八月」效應全台「發燒」。

△《決戰閏八月—中共武力犯台研究》一書出版（台北：金台灣出版社）。本書出版後不久，北京《軍事文摘》（總第五十九期），以我軍裝照為封面人物，大標題以「台灣軍魂陳福成之謎」，在內文介紹我的背景和戰略思想。

△七月，開始編寫各級學校軍訓課程「國家安全」教材。

△十二月，《防衛大台灣—台海安全與三軍戰略大佈局》一書出版：（台北：金台灣出版社）

民國八十五年（一九九六）四十五歲

△元月，為撰寫軍訓課本「國家安全」，本月十一日偕台大少校教官陳梅燕拜訪戰略家鈕先鍾先生，主題就是「國家安全」。（訪問內容後來發表在「陸軍學術月刊第三七五、四三九期」

△三月，擔任政治大學民族系所講座。（應民族系系主任林修澈教授聘請）。

△《孫子實戰經驗研究》一書，獲中華文化總會學術著作總統獎，獎金五萬元。

△《國家安全》幼獅版，納入全國各級高中、職、專科、大學軍訓教學。

△四月，考上國泰人壽保險人員證。

△九月，佔台灣大學上校主任教官缺。

△榮獲全國軍訓教官論文優等首獎，《決戰閏八月》。

民國八十六年（一九九七）四十六歲

△元旦，晉升上校，任台大夜間部主任教官。

△七月，開始在復興廣播電台「雙向道」節目每週一講「國內外政情與國家安全」（鍾寧主持）。

△八月，《國家安全概論》（台灣大學自印自用，不對外發行。）

△十二月，《非常傳銷學》出版。

民國八十七年（一九九八）四十七歲

△是年，仍在復興電台「雙向道節目」。

△五月，在台大學生活動中心演講「部落主義及國家整合、國家安全之關係」。

△十月十七日，籌備召開「第一屆中華民國國防教育學術研討會」（凱悅飯店，本會在淡江大學戰略所所長翁明賢教授指導下順利完成，工作夥伴除我之外，尚有輔仁大學楊正平、文化大學李景素、淡江大學廖德智、中央大學劉家楨、

東吳大學陳全、中興法商鄭鴻儒、華梵大學谷祖盛（以上教官）、淡江大學施正權教授。）

我在本會提報論文「論國家競爭優勢與國家安全」（評論人：台灣大學政治系助理教授楊永明博士），本論文為銓敘部公務人員學術論文獎，後收錄在拙著《國家安全與情治機關的弔詭》一書。

△七月，出版《國家安全與情治機關的弔詭》（台北：幼獅出版公司）。

民國八十八年（一九九九）四十八歲

△二月，從台灣大學夜間部兼文學院主任教官退休，結束三十一年軍旅生涯。「化敵為我，以謀止戰」（小說三十六計釜底抽薪導讀，與實學社總編輯黃驗先生對談。）；考上南山人壽保險人員證。

△四月，應國安會虞義輝將軍之邀請，擔任國家安全會議助理研究員。（時間約一年多，每月針對兩岸關係的理論和實務等，提出一篇研究報告（論文）。

民國八十九年（二〇〇〇）四十九歲

△三月，《國家安全與戰略關係》出版（台北：時英出版社）。

△四、五、六月，任元培科學技術學院進修推廣部代主任。

△六月一日，在高雄市中山高中講「兩岸關係及未來發展—兼評新政府的國家安全構想」（高雄市軍訓室軍官團）

△十一月，與台灣大學登山會到石鹿大山賞楓。

△十二月，與台灣大學登山會到司馬庫斯神木群。

民國九〇年（二〇〇一）五十歲

△五月四到六日，偕妻及一群朋友登玉山主峰。

△六月十六、十七日，參加陸軍官校建校七十七週年校慶並到墾丁參加44期同學會。

△十月六日，與台大登山隊到睏牛山。

△十二月，《解開兩岸十大弔詭》出版（台北：黎明出版社）。

△十二月八到九日，登鎮西堡、李棟山。

△十二月二二到二三日，與台大登山隊走霞克羅古道。

民國九十一年（二〇〇二）五十一歲

△去年至今，我聽到三位軍校同學過逝，甚有感慨，我期至今才約五十歲。想到學生時代很要好的同學，畢業已數十年，怎都「老死不相往來」，我決定試試，召集住台大附近（半小時車程），竟有七人（含我）來會，解定國、高立興、

陳鏡培、童榮南、袁國台、林鐵基。這個聚會一直持續下去，後來我定名「台大周邊地區陸官四十四期微型同學會」（後均簡稱「四十四同學會」第幾次等。

△二月，《找尋一座山》現代詩集出版，台北，慧明出版社。

△二月十二到十四日，到小烏來過春節，並參訪赫威神木群。

△二月二三到二四日，與台大登山會到花蓮兆豐農場，沿途參拜大理仙公廟。

△四月七日，與山虎隊登夫婦山。

△四月十五日，在范揚松先生的公司第一次見到吳明興先生（當代兩岸重要詩人、作家），二十多年前我們曾一起在「腳印」詩刊發表詩作，未曾謀面。

△四月二十一日，與台大隊登大桐山。

△四月三十日，在台大鹿鳴堂辦第二次四十四同學會：我、解定國、袁國台、高立興、周念台、林鐵基、童榮南。

△五月三到五日，與台大隊登三叉山、向陽山、嘉明湖。（回來後在台大山訊發表紀行一篇）。

△六月二一到二三日，與苗栗三叉河登山隊上玉山主峰（我的第二次）。

△七月第一週，在政治大學參加「社會科學研究方法」研習營。（主任委員林碧炤）。

△七月十八到二一日，與台大登山會登雪山主峰、東峰、翠池。在「台大山訊」發表「雪山盟」長詩。

△八月二十日，與台大登山會會長張靜二教授及一行十餘人，勘察大溪打鐵寮古道、草嶺山，並到故總統經國先生靈前致敬。

△八月二九到九月一日，與山友十餘人登干卓萬山、牧山、卓社大山。（因氣候惡劣只到第一水源處紮營，三十一日晨撤退下山。）

△九月，《大陸政策與兩岸關係》出版（黎明出版社，九十一年九月）。

△九月二十四日，在台大鹿鳴堂辦第三次四十四同學會：我、高立興、童榮南、林鐵基、周念台、解定國、周立勇、周禮鶴。

△十月十八到二十日，隨台大登山隊登大霸尖山（大、小霸、伊澤山、加利山），在「台大山訊」發表「聖山傳奇錄」。

△十一月十六日，與台大登山隊登波露山（新店）。

民國九十二年（二〇〇三）五十二歲

△元月八日，第四次四十四同學會（在台大鹿鳴堂），到有：我、周禮鶴、高立興、解定國、袁國台、林鐵基、周立勇。

△元月八日，在台灣大學第一會議室演講「兩岸關係發展與變局」，併發表四本年度新書。（台大教授聯誼會主辦），除《解開兩岸十大弔詭》和《大陸政策與兩岸關係》兩書外尚有：《找尋一座山》（現代詩集，慧明出版）、《愛倫坡恐怖小說選》。

△二月二十八日，應佛光人文社會學院董事會秘書林利國邀請，在宜蘭靈山寺向輔導義工演講「生命教育與四Q」。

△三月十五、十六日，與妻參加台大登山隊「榛山行」（在雪霸）。

△三月十八日，與曾復生博士在復興電台對談兩岸關係發展。

△三月十九日，到非政府組織（NGO）會館，參加「全球戰略新框架下的兩岸關係研討會」，由「歐洲文教基金會與黨外圓桌論壇」主辦。席間首次與前民進黨主席許信良先生閒談。晚間餐會與前立法委員朱高正先生和台大哲學系教授王曉波夫婦同桌，我和他們都是素昧平生。但兩杯酒一喝，大家就開始高談近代史事，朱委員酒量很好，可能有「千杯不醉」的境界。　名片上印有「周易」文言：「夫大人者。與天地合其德。與日月合其明。與四時合其序。與鬼神合其吉凶。先天而天弗違。後天而奉天時。天且弗違。而況予人乎。況于鬼神乎。」，

其境界更高。

△三月二十日，叢林一隻不長眼的「肥羊」闖進頂層掠食者的地盤，性命恐將不保：美帝入侵伊拉克，海珊可能支持不了幾天。

△三月二十六日到三十日，隨長庚醫護人員及內弟到大陸，遊西湖、黃山。果然「上有天堂下有蘇杭」、「黃山歸來不看山」，我第一次出國竟是回國。歸程時**SARS**開始流行，全球恐慌。

△四月三日到六日，同台大登山隊登雪白山，氣候不佳，前三天下雨。第一天宿司馬庫斯，第二天晨七時起程，沿途林相原始，許多千年神木，下午六時雪白山攻頂，晚上在山下紮營，第三天八點出發，神木如林，很多一葉蘭，下午過鴛鴦湖，五點到棲蘭。第四天參觀棲蘭神木，見「孔子」等歷代偉人，歸程。

△四月十二、十三日，偕妻與台大登山隊再到司馬庫斯，謁見「大老爺」神木群等。

△四月二十一日，第五次四十四同學會（在台大鹿鳴堂），到者：我、袁國台、解定國、林鐵基、周立勇。

△六月十四日，同台大登山隊縱走卡保逐鹿山，全程二十公里，山高、險惡、瀑布，螞蝗多。

△六月二十八日，參加中國文藝協會舉行「彭邦楨詩選」新書發表會。彭老已在今年三月病逝紐約，會中碰到幾位前輩作家，鍾鼎文、司馬中原、辛鬱、文曉村等人，還有年青一輩的賴益成、羅明河等。

△七月，《孫子實戰經驗研究》出版（黎明出版公司），本書是八十五年學術研究得將作品，獲總統領獎；今年又獲選為「國軍連隊書箱用書」，陸、海、空三軍各級，一次印量七千本。

△七月二十二日到八月二日，偕妻同一群朋友遊東歐三國（匈牙利、奧地利、捷克）。

△十月十日到十三日，登南湖大山、審馬陣山、南湖北峰和東峰。

△十一月，在復興電台鍾寧小姐主持的「兩岸下午茶」節目，主講「兵法•戰爭與人生」（孫子、孫臏、孔明三家）。

△十二月一日，第六次四十四同學會（台大鹿鳴堂），到有：我、林鐵基、童榮南、解定國、周念台、盧志德、高立興、劉昌明。

民國九十三年（二〇〇四）五十三歲

△二月二十五日，第七次四十四同學會（台大鹿鳴堂），到有：周立勇、高立興、童榮南、鍾聖賜、林鐵基、解定國、周念台、盧志德、劉昌明和我共十人。

△春季，參加許多政治活動，號召推翻台獨不法政權，三月陳水扁自導自演「三一九槍擊作弊案」。
△三月，《大陸政策與兩岸關係》出版，黎明出版社。
△五月二十八日，大哥張冬隆發生車禍，二週後的六月四日過逝。
△五月，《五十不惑》（前傳）出版，時英出版社。
△六月，第八次四十四同學會（台大鹿鳴堂），到有：我、周立勇、童榮南、林鐵基、解定國、袁國台、鍾聖賜、高立興。
△八月十一到十四日，參加佛光山第十二期全國教師生命教育研習營。
△十月十九日，第九次四十四同學會（台大鹿鳴堂），到有：我、童榮南、周立勇、高應興、解定國、盧志德、周小強、鍾聖賜、林鐵基。
△今年在空大講「政府與企業」，並受邀參與復興電台「兩岸下午茶」節目。
△今年完成龍騰出版公司《國防通識》（高中課本）計畫案合作伙伴有李文師（政大教官退）、李景素（文化教官退）、項台民（彰化高中退）、陳國慶（台大教官）。計有高中二年四冊及教師用書四冊，共八冊課本。
△十二月，《軍事研究概論》出版（全華科技），合著者九人：洪松輝、許競任、

秦昱華、陳福成、陳慶霖、廖天威、廖德智、劉鐵軍、羅慶生，都是對國防軍事素有專精研究之學者。

民國九十四年（二〇〇五）五十四歲

△二月十七日，第十次四十四同學會（台大鹿鳴堂），到有：我、陳鏡培、鍾聖賜、金克強、解定國、林鐵基、高立興、袁國台、周小強、周念台、盧志德、劉昌明，共十二人。

△六月十六日，第十一次四十四同學會（台大鹿鳴堂），到有：我、盧志德、周立勇、解定國、陳鏡培、童榮南、金克強、鍾聖賜、劉昌明、林鐵基、袁國台。

△八月，計畫中的《中國春秋》雜誌開始邀稿，除自己稿件外，有楊小川、路復國、廖德智、王國治、一飛、方飛白、郝艷蓮等多人。

△十月，創刊號《中國春秋》雜誌發行，第四期後改《華夏春秋》，實務行政全由鄭聯臺、鄭聯貞、陳淑雲、陳金蘭負責，妹妹鳳嬌當領導，我負責邀稿，每期印一千五百本，大陸寄出五百本。

△持續在台灣大學聯合辦公室當志工。

△今年仍在龍騰出版公司主編《國防通識》；上復興電台「兩岸關係」節目。

民國九十五年（二〇〇六）五十五歲

△元月《中國春秋》雜誌第二期發行，作者群有周興春、廖德智、李景素、王國治、路復國、一飛、范揚松、蔣湘蘭、楊小川等。

△二月十七日，第十二次四十四同學會（台大鹿鳴堂），到有：劉昌明、高立興、陳鏡培、盧志德、林鐵基、金克強和我共7人。

△四月，《中國春秋》雜誌第四期發行。

△六月，第十三次四十四同學會（台大鹿鳴堂），到有：我、周小強、解定國、高立興、袁國台、林鐵基、劉昌明、盧志德。

△七月到九月，由時英出版社出版中國學四部曲，四本約百萬字：《中國歷代戰爭新詮》、《中國近代黨派發展研究新詮》、《中國政治思想新詮》、《中國四大兵法家新詮》。

△七月十二到十六日，參加佛光山第十六期全國教師生命教育研習營。

△七月，原《中國春秋》改名《華夏春秋》，照常發行。

△九月，《春秋記實》現代詩集出版，時英出版社。

△十月，第五期《華夏春秋》發行。

△十月二十六日，第十四次四十四同學會（台大鹿鳴堂），到有：我、金克強、周立勇、解立國、林鐵基、袁國台、高立興。

△十一月，當選中華民國新詩學會第二屆理事，任期到九十九年十一月十一日。

△《華夏春秋》第六期發行後，無限期停刊。

△高中用《國防通識》（學生課本四冊、教師用書四冊）逐一完成，可惜龍騰出版公司後來的行銷欠佳。

民國九十六年（二〇〇七）五十六歲

△元月三十一日，第十五次四十四同學會（中和天香回味鍋），到有：我、解定國、盧志德、高立興、林鐵基、周小強、金克強、劉昌明。

△二月，《國家安全論壇》出版，時英出版社。

△二月一日，到國防部資電作戰指揮部演講，主題「兩岸關係與未來發展：兼論台灣最後安全戰略的探索」。

△二月，《性情世界：陳福成情詩集》出版，時英出版社。

△三月十日，在「秋水詩屋」，與涂靜怡、莫云、琹川、風信子四位當代大詩人研究，幫我取筆名「古晟」。以後我常用這個筆名，有一本詩集就叫《古晟的

誕生》。

△五月，當選中國文藝協會第三十屆理事，任期到一百年五月四日。

△五月十三日，母親節，與妻晚上聽鳳飛飛的演唱會，可惜二〇一二年初病逝，我為她寫一首詩「相約二十二世紀，鳳姐」。

△六月六日，第十六次四十四同學會（台大鹿鳴堂），到有：我、解定國、高立興、盧志德、周小強、金克強、林鐵基。

△六月十九日，榮獲中華民國新詩學會「詩運獎」，在文協九樓頒獎，由文壇大老鍾鼎文先生頒獎給我。

△十月，小說《迷情・奇謀・輪迴：被詛咒的島嶼》（第一集）出版，文史哲出版社。

△十月十六日，第十七次四十四同學會（台大鹿鳴堂），到有：我、周立勇、解定國、張安麟、林鐵基、盧志德。

△十月三十一日到十一月四日，參加由文協理事長綠蒂領軍，應北京中國文聯邀訪，一行人有綠蒂、林靜助、廖俊穆、蘇憲法、李健儀、簡源忠、郭明福、廖繼英、許敏雄和我共十人。

△十一月七日，同范揚松、吳明興三人到慈濟醫院看老詩人文曉村先生。

△十二月中旬，大陸「中國文藝藝術聯合會」一行到文協訪問，綠蒂全程陪同，十六日由我陪同參觀故宮，按其名冊有白淑湘、李仕良等十四人。

△十二月十九日，到台中拜訪詩人秦嶽，午餐時他聊到「海鷗」飛不起來了。

△十二月二十二日上午，在國父紀念館參加由星雲大師主持的皈依大典，成為大師座下臨濟宗第四十九代弟子，法名本肇。一起皈依的有吳元俊、吳信義、關麗蘇四兄姊弟，這是一個好因緣。

△十二月二十七日，《青溪論壇》成立，林靜助任理事長，我副之，雪飛任社長。

△十二月，有三本書由文史哲出版社出版：《頓悟學習》、《公主與王子的夢幻》、《春秋正義》。

民國九十七年（二〇〇八）五十七歲

△元月五日（星期六），第一次在醉紅小酌參加「三月詩會」，到民國一〇三年底退出。

△元月二十四到二十八日，與妻參加再興學校舉辦的海南省旅遊。

△二月十三日，到新店拜訪天帝教，做《天帝教研究》的準備。

△二月十九日，第十八次四十四同學會（新店富順樓），到有：我、高立興、解定國、林鐵基、盧志德、金克強、周小強。

△三月二日，參加「全國文化教育界新春聯歡會」，馬英九先生來祝賀，前台大校長孫震、陳維昭等數百人，文壇司馬中原、綠蒂、鍾鼎文均到場，盛況空前。這是大選的前奏曲。

△三月十二日，參加中國文藝協會理監事聯席會議。

△三月，《新領導與管理實務》出版，時英出版社。

△五月十三日下午二時，四川汶川大地震，電話問成都的雁翼，他說還好。

△六月十日，第十九次四十四同學會（在山東餃子館），到有：我、童榮南、高立興、解定國、袁國台、盧志德、金克強、張安祺。

△六月二十二日，參加青溪論壇社舉辦的「推展華人文化交流及落實做法」，我提報論文「閩台民間信仰文化所體現的中國政治思想初探」，其他重要提文報告人有林靜助、封德屏、陳信元、潘皓、台客、林芙容、王幻、周志剛、一信、徐天榮、漁夫、落蒂、雪飛、彭正雄。

△七月十八日，與林靜助等一行，到台南參加作家交流，拜訪本土詩人林宗源。

△七月二十三日到二十九日，參加佛光山短期出家。

△八月十五日到二十一日，參加青溪新文藝學會理事長林靜助主辦「江西三清山龍虎山之旅」，並到九江參加文學交流會。同行者有我、林靜助、林精一、蔡雪娥、彭正雄、金筑、台客、林宗源、邱琳生，鍾順文、賴世南、羅玉葉、羅清標、吳元俊、蔡麗華、林智誠、共十六人。

△十月十五日，第二十次四十四同學會（台大鹿鳴堂），到有：我、陳鏡培、解定國、盧志德、同小強、童榮南、袁國台、林鐵基、黃富陽。

△十一月三十日，參加「湯山聯誼會」，遇老師長陳廷寵將軍。

△今年有兩本書由文史哲出版社出版：《幻夢花開一江山》（傳統詩）、《一個軍校生的台大閒情》。

△整理這輩子所寫的作品手稿約一人高，贈台大圖書館典藏。

民國九十八年（二〇〇九）五十八歲

△二月十日，第二十一次四十四同學會（台大鹿鳴堂），到有：我、袁國台、解定國、高立興、童榮南、盧志德、黃富陽。

△六月，小說《迷情・奇謀・輪迴：進出三界大滅絕》（第二集）出版，文史哲

出版社。

△六月上旬，第二十二次四十四同學會（台大鹿鳴堂），到有：我、林鐵基、童榮南、袁國台、高立興、解定國、金克強、盧志德。

△六月十七、十八日，參加台大「退聯會」阿里山兩日遊。

△十月，小說《迷情・奇謀・輪迴：我的中陰身經歷記》（第三集）出版，文史哲出版社。

△十月六日，第二十三次四十四同學會（公館越南餐），到有：盧志德、解定國、林鐵基、金克強、周小強和我。

△十一月六到十三日八天，參加重慶西南大學主辦「第三屆華文詩學名家國際論壇」，後四天到成都（第一次回故鄉）。此行我提報一篇論文「中國新詩的精神重建」（約兩萬多字），同行者另有雪飛、林芙蓉、李再儀、台客、鍾順文、林于弘、林精一、吳元俊、林靜助。

△十一月二十八日，到國軍英雄館參加「湯山聯誼會」，老將郝伯村批判李傑失了軍人氣節。

△十二月，《赤縣行腳・神州心旅》（詩集）出版，秀威出版公司。

△今年有三本書由文史哲出版社出版：《愛倫坡恐怖推理小說》、《春秋詩選》、《神劍與屠刀》。

民國九十九年（二〇一〇）五十九歲

△元月二十三日，由藝文論壇社和紫丁香詩刊聯合舉辦，「陳福成小說《迷情・奇謀・輪迴》評論會」，在台北老田西餐廳舉行。提評論文有金劍、雪飛、許其正、狼跋、謝輝煌、胡其德、易水寒等七家，與會有文藝界數十人。會後好友詩人方飛白也提出一篇。

△三月一日，第二十四次四十四同學會（台大鹿鳴堂），到有：我、周小強夫婦、解定國、袁國台、林鐵基、盧志德、曹茂林、金克強、黃富陽、童榮南共十一人。

△三月三十一日，「藝文論壇」和「創世紀」詩人群聯誼，中午在國軍英雄館牡丹廳餐敘。創世紀有張默、辛牧、落蒂、丁文智、方明、管管、徐瑞、古月，八人與會；藝文論壇有林靜助、雪飛、林精一、彭正雄、鄭雅文、徐小翠和我

共七人參加。

△四月二一到二二日，台大溪頭、集集兩日遊，「台大退聯會」主辦。

△六月，《八方風雨‧性情世界》出版，秀威出版社。

△六月八日，第二十五次四十四同學會（台大鹿鳴堂），到有：我、金克強、郭龍春、解定國、高立興、童榮南、袁國台、林鐵基、盧志德、周小強、曹茂林，共十一人。

△八月十七到二十日，參加佛光山「全國教師佛學夏令營」，同行有吳信義師兄等多人。

△十月五日，第二十六次四十四同學會（今起升格在台大水源福利會館），到有：曹茂林、解定國、童榮南、林鐵基、盧志德、周小強和我共七人。

△十月二六日到十一月三日，約吳信義、吳元俊兩位師兄，到山西芮城拜訪尚未謀面的劉焦智先生，我們因看「鳳梅人」報結緣。

△十一月，《男人和女人的情話真話》（小品）出版，秀威出版社。

△今年有四本書由文史哲出版社出版：《洄游的鮭魚》、《古道‧秋風‧瘦筆》、《山

西芮城劉焦智鳳梅人報研究》、《三月詩會研究》。

民國一〇〇年（二〇一一）六十歲

△元月，小說《迷情・奇謀・輪迴》合訂本出版，文史哲出版社。

△元月二日，當選中華民國新詩學會第十三屆理事、任期到一〇四年一月一日。

△元月十日，第二十七次四十四同學會（台大水源福利會館），到有：我、黃富陽、高立興、林鐵基、周小強、解定國、童榮南、曹茂林、盧志德、郭龍春共十人。

△二月，《找尋理想國》出版，文史哲出版社。

△二月十九日，在天成飯店參加「中國全民民主統一會」會員代表大會，吳信義、吳元俊兩位師兄也到，會場由王化榛會長主持。會中遇到上官百成先生，會後我寫一篇文章「遇見上官百成：想起上官志標和楊惠敏」，刊載《新文壇》雜誌（二十六期，一〇一年元月）。

△三月二二日，上午參加「台大退聯會」理監事聯席會議。

△三月二五日，晚上在台大校總區綜合體育館開「台大逸仙學會」，林奕華也來

了，認識她很久了，每回碰到她都很高興。

△四月，《我所知道的孫大公》（黃埔二十八期）出版，文史哲出版社。

△四月，《在鳳梅人小橋上：中國山西芮城三人行》出版，文史哲出版社。

△五月五日，參加緣蒂在老爺酒店主的「中國文藝協會三十一屆理監事會」，同時當選理事，任期到一〇四年五月五日。與會者如以下這份「原始文件」：

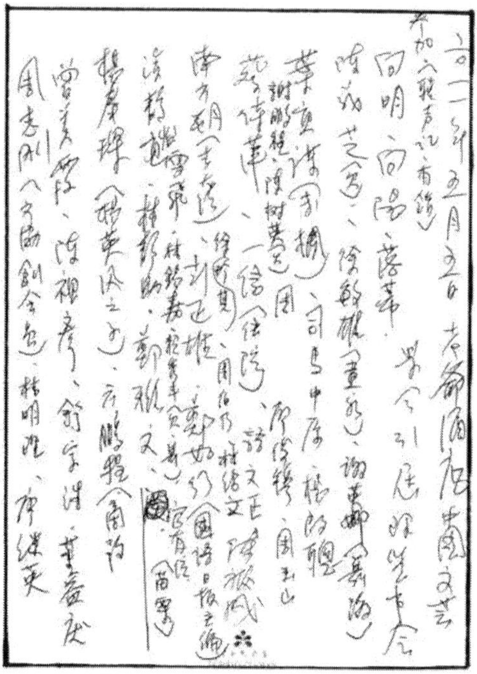
二〇一四年五月五日 在老爺酒店 中國文藝協會
向明、向陽、落蒂

△五月，《漸凍勇士陳宏傳》出版，文史哲出版社。

△六月，《大浩劫後》出版，文史哲出版社。

△六月三日，第二八次四十四同學會（台大水源福利會館），到有：我、郭龍春、解定國、高立興、童榮南、林鐵基、盧志德、周小強、黃富陽、曹茂林、桑鴻文共十一人。

△六月十一日，到師大參加「黃錦鋐教授九秩嵩壽華誕聯誼茶會」，黃伯伯就住我家樓上，他已躺了十多年，師大仍為他祝壽，真很感人。

△七月，《台北公館地區開發史》出版，唐山出版社。

△七月七到八日，與妻參加台大退聯會的梅峰、清境兩日遊。

△七月，《第四波戰爭開山鼻視賓拉登》出版，文史哲出版社。

△八月，《台大逸仙學會》出版，文史哲出版社。

△八月十七到二十日，參加佛光山「全國教師佛學夏令營，主題「增上心」。

△九月九日到二十日，台客、吳信義夫婦、吳元俊、江奎章和我共六人，組成「山西芮城六人行」，前兩天先參訪鄭州大學。

△十月十二日，第二十九次四十四同學會（台大水源福利會館），到有：我、黃國彥、解定國、高立興、童榮南、袁國台、林鐵基、周小強、金克強、黃富陽、

郭龍春、桑鴻文、盧志德、曹茂林，共十四人。

△十月十四日，邀集十位佛光人中午在台大水源會館雅聚，這十人是范鴻英、刑筱容、陸金竹、吳元俊、吳信義、江奎章、郭雪美、陳雪霞、關麗蘇。

△十一月十日，台大社團晚會表演，在台大小巨蛋（新體育館），由我吉他彈奏，吳普炎、吳信義、吳元俊、周羅通和關麗蘇合唱三首歌，「淚的小花」、「茉莉花」、「河邊春夢」。

民國一〇一年（二〇一二）六十一歲

△元月四日，第三十次四十四同學會（台大水源福利會館），到有：我、桑鴻文、高立興、林鐵基、解定國、童榮南、袁國台、盧志德、金克強、曹茂林、郭龍春、陳方烈。

△元月十四日，大選・藍營以六八九萬票對綠營六〇九萬票，贏得有些辛苦。基本上「九二共識」、「一中各表」已是台灣共識。

△《中國神譜》出版（文史哲出版社，二〇一二年元月）。

△二月，寫一張「保證書」給好朋友彭正雄先生，把我這輩子所有著作全送給他，由他以任何形式、文字，在任何地方出版發行。這是我對好朋友的回報方式。

△二月，開始規畫、整理出版《陳福成文存彙編》，預計全套八十本（總字數近千萬），由彭正雄所經營的文史哲出版社出版。

△二月十九日中午，葡萄園詩刊同仁在國軍英雄館餐聚，到會有林靜助、曾美玲、杜紫楓、李再儀、台客、賴益成、金筑和我八人。大家商討今年七月十五日是葡萄園的五十大壽，準備好好慶祝。

△三月二十二日，倪麟生事業有成宴請同學《公館自來水博物館內》，到有：我、倪麟生、解定國、高立興、盧志德、曹茂林、郭龍春、童榮南、桑鴻文、李台新，共十人。

△《金秋六人行：鄭州山西之旅》出版（文史哲出版社，二〇一二年三月）。

△《從皈依到短期出家》（唐山出版社，二〇一二年四月）。

△《中國當代平民詩人王學忠》出版（文史哲出版社，二〇一二年四月）。

△《三月詩會二十年紀念別集》（文史哲出版社，二〇一二年六月）。

△五月十五日，第三十一次四十四同學會（台大水源福利會館），到有：我、陳方烈、桑鴻文、解定國、高立興、童榮南、林鐵基、盧志德、周小強、金克強、曹茂林、李台新、倪麟生，共十三人。

△九月有三本書出版：《政治學方法論概說》、《西洋政治思想史概述》、《最自在的是彩霞》，文史哲出版社。

△十月二十二日，第三十二次四十四同學會（台大水源福利會館），到有：我、解定國、高立興、童榮南、林鐵基、盧志德、李台新、桑鴻文、郭龍春、倪麟生、曹茂林、周小強，共十二人。

△《台中開發史：兼龍井陳家移台略考》出版，文史哲出版，二〇一二年十一月。

△十二月到明年元月，大愛電視台記者紀儀羚、吳怡旻、導演王永慶和另三位攝影師，一行六人，來拍「陳福成講公館文史」專集節目，在大愛台連播兩次。

民國一〇二年（二〇一三）六十二歲

△元月十一日，參加「台大秘書室志工講習」，並為志工講「台大・公館文史古蹟」（上午一小時課堂講解，下午三小時現場導覽）。

△元月十五日，「台大退休人員聯誼會」理監事在校本部第二會議室開會，並選舉第九屆理事長，我意外當選理事長，二十二日完成交接，任期兩年。

△元月十七日，第三十三次四十四同學會（台大水源福利會館），到有：我、倪麟生、林鐵基、桑鴻文、解定國、高立興、盧志德、周小強、曹茂林、郭龍春、

陳方烈、余嘉生、童榮南，共十三人。

△二月，《嚴謹與浪漫之間：詩俠范揚松》出版，文史哲出版社。

△三月，當選「中國全民民主統一會」執行委員，任期到一〇三年三月二十八日。（會長王化榛）。

△三月，《讀詩稗記：蟾蜍山萬盛草齋文存》出版，文史哲出版社。

△五月，《與君賞玩天地寬：陳福成作品評論和迴響》、《古晟的誕生：陳福成60詩選》、《迷航記：黃埔情暨陸官四十四期一些閒話》三書出版，由文史哲出版社出版發行。

△五月十三日，第三十四次四十四同學會（台大水源福利會館），到有：我、李台新、解定國、高立興、林鐵基、童榮南、盧志德、金克強、曹茂林、虞義輝、郭龍春、桑鴻文、陳方烈、倪麟生、余嘉生、共十五人。

△七月，《孫大公的思想主張書函手稿》、《日本問題終極處理》、《一信詩學研究》三書出版，均文史哲出版社。

△七月四日，鄭雅文、林錫嘉、彭正雄、曾美霞、落蒂和我共六個作家詩人，在「豆豆龍」餐廳開第一次籌備會，計畫辦詩刊雜誌，今天粗略交換意見，決定

第二次籌備會提出草案。

△八月十三到十六日，參加佛光山「教師佛學夏令營」，同行尚有吳信義、關麗蘇。

△八月三十一日，為詩人朋友導覽公館古蹟，參加者有范揚松、藍清水夫婦、陳在和、吳明興、胡其德、吳家業、許文靜、鍾春蘭、封枚齡、傅明其。

△九月七日，上午在文協舉行《一信詩學研究》新書發表會及討論，由綠蒂主持。

△九月十日，假校總區第二會議室，主持「台大退休人員聯誼會」第九屆第四次理監事聯席會議，會中由會員組組長陳志恆演講，題目「戲緣—京劇與我」。

△九月二七日，參加「台大文康會各分會負責人座談會暨85週年校慶籌備會議」，地點在台大巨蛋，由文康會主委江簡富教授（電機系）主持，各分會負責人數十人到場。

△十月七日，第三十五次四十四同學會（改在北京樓），到有：我、余嘉生、解定國、虞義輝、童榮南、盧志德、郭龍春、桑鴻文、李台新、陳方烈、袁國台，共十一人。

△十月十二日，在天成飯店（火車站旁），參加「中國全民民主統一會」第七屆第二次執監委聯席會。討論會務發展及明春北京參訪事宜。

△十月十九日，由台大三個社團組織（教授聯誼會會長游若篍教授、職工聯誼會秘書楊華洲、退聯會理事長我本人）聯合舉辦「未婚聯誼」，在台大巨蛋熱鬧一天，到場有第二代子女近四十人參加。

△十一月九日，重慶西南大學文學系教授向天淵博士來台交流講學，中國詩歌藝術學會理事長林靜助先生，在錦華飯店繳請「兩岸比較文學論壇」，我和向教授在兩年前有一面之緣。

△十一月十二日，假校總區第二會議室，主持「台大退聯會」第十屆第五次理監事聯席會議。陳定中將軍蒞臨演講，題目「原子彈與曼哈頓計劃的秘密」，另討論十二月三日會員大會事宜。

△十一月十三日，小路（路復國同學）來台北開會，中午我和老袁（袁國台）與他相見，老袁請吃牛肉麵，我在「新光」高層請喝咖啡賞景。

△十一月二十四日，台大退聯會、教聯會和職工會合辦「兩性聯誼」活動，第三場在文山農場，場面熱鬧。

△十一月二十八日，晚上，台大校慶文康晚會在台大巨蛋舉行，退聯會臨時組合唱團由我吉他伴奏參加，也大受歡迎。

△十二月三日上午，台大退聯會在第一會議室舉行年度大會，近兩百教職員工參加，主秘林達德教授代表校長致詞，歷屆理事長（宣家驊將軍、方祖達教授、楊建澤教授、丁一倪教授）均參加，我自今年元月擔任理事長以來，各方反應似乎還算滿意。

△十二月十日，約黃昏時，岳父潘翔皋先生逝世，高壽九十四歲，福壽雙全，除老人退化病外，無任何重症，睡眠中無痛而去，真是福報。他們兒女決定簡約辦理，十七號舉行告別式。

△十二月十八日，中午，參加在「喜萊登」由鄭雅文小姐主持成立的「華文現代詩刊」，到會有主持鄭雅文、筆者及麥穗、莫渝、林錫嘉、范揚松帶秘書曾詩文、曾美霞、龔華、劉正偉、雪飛等。

△十二月二十二日，在「儷宴會館」（林森北路），參加四十四期北區同學會，改選理監事及會長，虞義輝當選會長，我當選監事。

△十二月三十日，這幾年，每年年終跨年，一群詩人、作家都在范揚松的大人物公司跨年，今年也是，這次有：范揚松、胡爾泰、方飛白、許文靜、傅明琪、劉坤靈、吳家業、梁錦鵬、吳明興、陳在和及筆者。

民國一〇三年（二〇一四）六十三歲

△元月五日，與妻隨台大登山會走樟山寺，到樟山寺後再單獨走到杏花林，中午在「龍門客棧」午餐，慶祝結婚第34年。

△元月九日，爆發「梁又平事件」（詳見《梁又平事件後：佛法對治風暴的沈思與學習》乙書）。

△元月十一日，在天成飯店參加「中國全民民主統一會」執監委員會，由會長王化榛主持，並確定三月北京行名單。

△元月十二日，與妻隨台大登山會走劍潭山，沿途風景優美。

△元月二十四日，參加台大志工講習會，會後參觀台大植博館。

△元月、二月，有三本書由文史哲出版，《把腳印典藏在雲端》、《台北的前世今生》、《奴婢妾匪到革命家之路：謝雪紅》。

△春節，那裡也沒去，每天照常在新店溪畔散步、寫作、讀書。

△二月九日，參加「台大登山會」新春開登，目的地是新莊牡丹心環山步道」，在泰山、林口接壤的牡丹山系，全天都下著不小的雨，考驗能耐。我和信義、俊歌兩位師兄，都走完全程，各領一百元紅包。

△二月十八日，中午與食科所游若篍教授共同主持兩個會，教授聯誼會邀請台北市教育局長林奕華演講，及「千歲宴」第二次籌備會。到會另有職工會秘書華洲兄、陳梅燕等十多人。

△二月廿一、廿二日，長青四家夫妻八人（虞、張、劉、我及內人們），在張哲豪的基隆「公館」度假，並討論四月花蓮行，決議四月十四、十五、十六共三天到花蓮玩。

△三月三日，中國文藝協會以掛號專函通知，榮獲第五十五屆中國文藝獎章文學創作獎，將於五月四日參加全國文藝節大會，接受頒獎表揚。

△三月八日，晚上在三軍軍官俱樂部文華廳，參加由中國文藝協會理事長王吉隆先生所主持的理監事聯席會，有理監事周玉山、蘭觀生、曾美霞、徐菊珍等十多人參加。

△三月十日，由台大教聯會主辦，退聯會和職工會協辦，邀請台北市教育局長林奕華演講，主題關於十二年國教問題，中午十二時到下午一點三十圓滿完成（在台大第一會議室）。

△三月十六日，三月是台大的「杜鵑花節」，每年三月的假日，我們擔任台大秘

書室的志工們，都輪值校門口「坐台」（服務台），招呼人山人海的參訪來賓。今天上午九時到下午一時我值班，下班立即前往第一殯儀館「鼎峰會館」，向陳宏大哥上香致敬，並以《漸凍勇士陳宏傳：他和劉學慧的傳奇故事》一書代香花素果，獻於陳大哥靈前。此因十八號他的追思會我在台大有兩個重要會議要開，向學慧師姊說了先來拈香，我也因寫了陳宏的回憶錄，和他有心靈感應，他也給我的人生有重大啟示，故向陳宏大哥獻書，願他一路好走，在西方極樂世界修行，別再重回六道，受人間諸苦。

△三月十八日，上午主持今年第一次「台大退休人員聯誼會」理監事會，並邀請吳信義學長會後演講，到有全體理監事各組長二十多人。下午參加校長楊泮池主持的「退休人員茶會」，按往例我參與茶會並在會中報告退聯會活動，陳志恆小姐隨同我參加，在現場「招兵買馬」，成效甚佳。

△三月二十日，上午到二殯參加海軍少將馬振崑將軍公祭（現役五十七歲），我以台大退聯會理事長身份主祭，信義和俊歌兩位師兄與祭。現場有高華柱、嚴明、葉昌桐等高級將領，至少有五十顆星星以上。

下午，到翔順旅行社（松江路）參加北京行會議，下週二共二十人參加這次訪問。

△三月二十一日，中餐，在「台大巨蛋」文康交誼廳，參加由台大文康委員會主委江簡富教授（電機系）所主持，「一〇三年文康會預算會議」，到有台大教職員各社團負責人近三十人。

△三月廿五到三十日，應中國全民民主統一會會長王化棒先生及信義、俊歌兩位師兄之邀請，以特約記者的身份參加全統會北京、天津參訪團，全團二十人。我們拜會天津、北京的中國和平統一促進會、黃埔軍校同學會等。（詳見我所著《中國全民民主統一會北京天津行：兼略論全統會的過去現在和未來發展》，文史哲出版）

△四月十四、十五、十六，近半年來我積極推動的「長青家族花蓮行」，終於成真，內心感到安慰極了。回想五年多來，長青家族的聚會竟如同打烊，太氣人了。這件事能促成，比我在花蓮擁有一甲地更值得。這心聲在三天旅遊中我沒說出來，今只在此說給大家聽，義輝、阿妙、阿張、金燕、劉建、Linda 和我妻，「以心傳心」傳給你們聽！

△五月二日，由中國文藝協會主辦，行政院文建會贊助指導，第五十五屆文藝獎章得獎人，今天在部份平面媒體公告，下列是聯合報資料。後天就是「五四文藝節」，將在三軍軍官俱樂部盛大慶祝並頒獎。據聞，副總統吳敦義將親自主持。

△五月四日，下午到晚上，參加全國文藝節及文藝獎章頒獎典禮，直到晚上的文藝晚會都在三軍軍官俱樂部。往年都是總統馬英九主持，今年他可能因母喪，改由副總統吳敦義主持。

△五月初的某晚，關雲的女兒打電話給我，媽媽走了！我很震驚，她是中國文藝協會會員、三月詩會詩友，六十五歲突然生病很快走了！怎不叫人感慨！

△五月二十日，籌備半年多的「台大退聯會千歲宴」，終於快到了，今天是退聯會上班日，大家做最後準備。中午到食科所午餐，再三個分會（退聯會、教聯會、職工會），再開宴前會，確認全部參加名單和過程。

联合報.103.5.2.

〈聯副文訊〉二則

中國文藝獎章名單揭曉

由中國文藝協會主辦的中國文藝獎章，本年度榮譽文藝獎章得主為：廖玉蕙（文學類）、崔小萍（影視類）、陳陽春（美術類）、張炳煌（書法類）。

第五十五屆文藝獎章獲獎人為：王盛弘（散文）、鯨向海（新詩）、田運良（詩歌評論）、梁欣榮（文學翻譯）、陳福成（專欄）、洪能仕（書法）、吳德和（雕塑）、張璐瑜（水彩）、劉家正（美術工藝）、林再生（攝影）、戴心怡（國劇表演）、李華綾（客家戲表演）、梁月嬰（戲曲推廣）、孫麗桃（民俗曲藝）、魏大為（音樂工作）、孫翠玲（舞蹈教學）、曾美霞、鄭雅文、鄒迅（文藝工作獎）楊寶華（文創及文化交流）、劉詠平（海外文藝工作獎）。　（丹墀）

△五月廿二日，上午九點到下午兩點，千歲宴正式成功辦完，校長楊泮池教授也親臨致詞，和大家看表演、合照。今天到有八十歲以上長者近四十人，宣家驊將軍、方祖達教授等都到了。

△六月二日，今天端午節，中午在中華路典漾餐廳，由全統會會員（會長王化榛、秘書長吳信義、會員吳元俊，我等十多人），宴請天津來訪朋友，有些我們三月去天津已見過，他們到有：王平、劉正風、李偉宏、蔣金龍、錢鋼、商駿、吳曉琴、李衛新、賈群、陳朋，共十人。

△到六月止，近十個月來，完成出版的書有：《把腳印典藏在雲端：三月詩會詩人手稿詩》、《台北公館台大地區考古・導覽》、《我的革命檔案》、《中國全民民主統一會北京行》、《六十後詩雜記現代詩集》、《胡爾泰現代詩研究》、《從魯迅文學醫人魂救國魂說起》；另外，《臺大退聯會會務通訊》也正式出版，第一版先給理監事會看，年底會員大會再印贈會員。

△六月十一日，《臺大會訊》報導「千歲宴」盛況如下：

△六月十三日，上午率活動組長關麗蘇、會員組長陳志恆、文康組長許秀錦，拜會位於新店的天帝教總會，他們有劉曉蘋、李雪允、郝寶驥、陳啟豐、陳己人等多位接待我們。議決九月十七日，台大退聯會組團（四十人）參訪天帝教的天極行宮（在台中清水）。會後，中午在總會吃齋飯。

△六月十七日，主持台大退聯會理監事會，我主要報告《會務通訊》出版事宜，經費籌劃等。

△七月一日，從六月到現在，為《會訊》出版事向台大各單位化緣，文康會主委

退休人員 職工及教師聯誼分會舉辦千歲宴活動

爲關懷退休人員較年長者平常較少於校園活動，文康會退休人員、職工及教師三個聯誼分會5月24日假綜合體育館文康室舉辦80歲以上「千歲宴」活動。出席名單包括：教務處課務組主任郭輔義先生、軍訓室總教官宣家驊、軍訓室教官鍾鼎文、軍訓室教官鄭義峰、總務處保管組股長林　參、總務處蕭添壽先生、總務處翁仙啓先生、圖書館組員柯環月女士、圖書館閱覽組股長王鴻龍、文學院人類系組員周崇德、理學院動物系教授李學勇、法學院王忠先生、法學院工王本源先生、醫學院組員洪林寶祝、醫學院組員連興潮、工學院電機系教授楊維禎、農學院生工系教授徐玉標、農學院園藝系教授方祖達、農學院技正路統信、農學院園藝系教授康有德、附設醫院護士曾廖日妹、農業陳列館主任劉天賜、圖書館組員紀張素瑩、附設醫院組員宋麗音、理學院海洋所技正鄭展堂、理學院化學系技士林添丁、附設醫院組員葉秀琴、附設醫院技佐王瓊瑛、附設醫院技士劉人宏、農學院農化系教授楊建澤、農學院農經系教授許文富、園藝系教授洪　立、農學院森林系教授汪　淮、軍訓室教官茹道泰、電機系技正郡依悌。

《臺大校訊》，二〇一四年六月十一日，第四版。

江簡富補助三萬，總務長王根樹教授給五萬元，校長同意寫序。

△六到七月，我的《華夏春秋》雜誌打烊後，曾有大陸朋友要在大陸復刊，江蘇的高保國搞一期又打烊了。最近遼寧的金土先生復刊成功，希望他能長長久久辦下去。以下是創刊號的封面和內首頁。

葫蘆島市環保局局長、本刊顧問羅建彪題。

△到八月止，在文史哲出版社完成出版的著作，七、八月有：《留住末代書寫的身影》、《我這輩子幹了什麼好事》、《「外公」和「外婆」的詩》、《中國全民民主統一會北京天津行》。

△八月一到五日，參加「二〇一四佛光山佛學夏令營」，今年主題是「戒定慧」。同行的好友尚有：吳信義、吳元俊、關麗蘇、彭正雄。

△八月二十六日，主持「台大退休人員回娘家」聯歡餐會，在「台大巨蛋」文康室熱鬧一天，近百會員參加。

△九月二日，主持「台大退聯會」第九屆第七次理監事會，我在會中發表〈不連任、不提名聲明書〉，但全體理監事

本刊社長陳福成 2009 年於西南大學留影。

堅持要我接受提名連任，只好從善如流，接受承擔。

△九月十六日，下午參加由校長楊泮池教授主持的「退休人員茶會」，我的任務是報告「台大退聯會」概況並積極「招兵買馬」。

△九月十七日，率台大退休人員一行四十人，到台中清水參訪「天帝教天極行宮」。

△九月到十月間，退聯會、聯合服務中心，工作和值班都照常，多的時間寫作、運動，日子好過，天下已不可為，就別想太多了。

△十一月四日，主持「台大退聯會」第九屆第八次理監事會，也是為下月二日年度會員大會的籌備會，圓滿完成。

十二月二日，主持「台灣大學退休人員聯誼會」第九屆二〇一四會員大會，所提名十五位理事、五位監事全數投票通過，成為下屆理監事。

△十二月十三日，下午參加《陸官四十四期同學理監事會》，會後趕回台大參加社團幹部座談、餐會。

△十二月十四日，三軍軍官俱樂部參加「中華民國新詩學會」理監事會。

△台大秘書室志工午餐（在鹿鳴堂），到有：叢曼如、孫茂鈴、郭麗英、朱堂生、吳元俊、吳信義、孫洪法、鄭美娟、簡碧惠、王淑孟、楊長基、宋德才、陳蓓

蒂、許詠婕、郭正鴻、陳美玉、王來伴、蘇克特、許文俊、林玟妤來賓和筆者共二十一人。

△關於民一〇二、一〇三年重要工作行誼記錄，另詳見《台灣大學退休人員聯誼會第九任理事長記實》一書，文史哲出版。

民國一〇四年（二〇一五）六十四歲

△元月六日，連任「臺灣大學退休人員聯誼會」第十屆理事長。此事去年九月，理監事會強力要求我連任，我答應承擔，所以今天的會議（校本部第二會議室），只是走完應過的法定程序，投票結果聃然全體贊成（理監事共二十人）。副理事長仍是何憲武教授，監事主席也是方祖達教授。

△二月六日，參加全國「公教軍警暨退休人員聯合總會」成立。

△三月六日，參加由中國文藝協會理事長綠蒂（王吉隆）在臺北花園酒店主持的理監事會，主要討論「五四文藝節」事宜，碰到彭正雄、林錫嘉等文友。

△三月十日，偕陳志恒參加由校長楊泮池主持的「退休人員茶」。這是每季一次的例行會，我的任務是向退休者簡報「臺大退聯會」成立宗旨，並現場「拉客」填表成為會員，成效很好，我每季都參加並報告。

△八月九日，為《一信現代詩研究》出版，今天在銀翼餐廳辦「一信詩學研討會」，到有：彭正雄、鄭雅文、林錫嘉、陳寧貴、落蒂、綠蒂、一信、趙化、曾美霞、龔華、墨韻、謝輝煌、蔡富澧、莫渝、陳文發、丹萱、徐大等二十多人。

△十月二八—三十日，與「全統會」八人代表一行，會長王化榛領隊，成員趙良林、王若蘭、吳淑媛、吳珠延、陳美玉、張屏和我自己，到澳門參加「世界洪門歷史文化協會」成立活動。回臺後把經過和資料整理成一書，正式文獻出版。

△十一月十八日，中午在彭園召開「莊雲惠兒童青少年詩作詩友會」，討論舉辦時地方正式等，到有：鄭雅文、彭正雄、林錫嘉、曾美霞、許其正、莫渝、莊雲惠和我。

△十二月一日，主持「臺大退休人員聯誼會」年度大會（任校本部第一會議室，上午九到十二時），到有會員進二百人，主秘林達德教授代表校長致詞。

△今年由文史哲出版社出版的書有：《那些年，我們是這樣寫情書的》、《那些年，我們是這樣談戀愛的》、《臺灣大學退休人員聯誼會第九任理事長實記》、《三世因緣：書畫芳香幾世情》、《一隻菜鳥的學佛初認識》、詩評《海青青的天空》、《為播詩種典莊雲惠詩作初探》，共八本。

民國一〇五年（二〇一六）六十五歲

△元月九日，上午參加「全統會」大會，吳信義學長接會長。

△元月二十四日，策劃多時，由《華文現代詩》全辦，《為播詩種典莊雲惠詩作初探：莊老師詩種花園詩友會》，今天在南昌路「丹堤咖啡」舉行成功！

△三月十五日，主持「臺大退聯會」理監事會，下午參加校長主持的退休茶會。

△三月二十五日，晚上參加中國文藝協會理監事會，由理事長綠蒂主持，他報告今年「五四」文藝節籌備情形，地點臺北花園飯店。

△五月十日，我陸官預備班十三期的老營長、二十八期孫大公走了，享壽八十五歲。他夫人孫毓軒女士從美國打電話告知，營長五月四日凌晨二時四十五分，在睡夢中走了，我為他著、編有兩本書。

△七月三日到六日，信義、俊歌、關姐和我，參加佛光山佛學夏令營，過了幾天平靜的生活。

△八月十六日，臺大退聯會理事長任內，主持最後一次擴大慶生會，近百會員參加（在台大巨蛋）。

△八月十九日，我的夢中情人林志玲妹妹說：「大家都是中國人。」一語轟動武

林，驚動萬教。

△十月二十三日，由臺大教聯會，職聯會和退聯會發起並共同主辦，「臺大、師大、臺科大三校未婚聯誼」，在新烏路「文山農場」舉行，盛況空前，前半小時由我彈吉他唱情歌熱場，帶動氣氛。

△十一月八日，我的兩任臺大退聯會理事長年底完任，今天在臺大巨蛋辦「第十屆理監事畢業同樂會」。

△十一月十八日，本月校慶月，熱鬧一月。今晚是「臺大教職員文康活動委員會」舉辦校慶晚會，有頒獎和各社團節目表演。我退聯會獲「績優社團獎」，我們也有節目表演。

△十二月三日，臺大退聯會年度大會，由本人主持的最後一次大會，重選理監事和下屆理事長。

△今年由文史哲出版社以出版的書有：《葉莎現代詩欣賞》、《世界洪門歷史文化協會論壇：澳門洪門二〇一五記實》、《三黨搞統一：共產黨、國民黨、民進黨搞統一分析》、《緣來艱辛非尋常：范揚松仿古體詩賞析》、《范蠡研究：商聖財神陶朱公傳奇》、《典藏斷滅的文明》。

△今年《華文現代詩》點將錄，寫完《鄭雅文現代詩之佛法衍繹》、《莫渝現代詩賞析》兩本，預計明年出版。

民國一〇六年（二〇一七）六十六歲

△今年的重點工作，主要還在寫《華文現代詩》點將錄，每天上午運動，下午寫作，晚八點準時上床睡覺，已成我的生活模式，「應酬」活動全部歸零，剩下極少參加的活動即非應酬。

△元月十八日，黃錦璋兄招待「全統會」會員，宜蘭一日遊，數十人包一部遊覽車：吳信義、陳淑貞、俊歌、楊長基、藺觀生、彭正雄、台客、叔鍾、小馬、關姐、美枝、平振剛、徐中尊、歐陽布、蔡享民、劉立祖、任廷偉、周美川、吳淑媛、余明鳳、葉春暉、鄭振、勞振武、郭年昆、蕭錦宗、李山栗、筆者。

△元月三十日，詩人聚會，詩人晚上聚會，不外喝酒打屁，范楊松、吳明興、方飛白和筆者，還有幾位也是寫詩的，年輕女詩人，我是第一次見到。

△二月十四日，上午「客家文化中心」（汀洲路），召開「大專院校退休會」。

△二月十八、十九日，全家花蓮二日遊。

△二月二十六日，參加「全統會」在天成飯店開會員大會。

△三月，臺大杜鵑花節，增加志工時數。

△三月、四月，抗議月，大家起來推翻「臺獨偽政權」。

△五月四日，三軍軍官俱樂部參加「五四文藝節」。

△六到八月，很多抗議活動、同學會、華國緣、臺大志工、臺大逸仙、臺大登山《華文現代詩》出刊會。臺大教官餐會、寶藏巖詩人表演會，熱鬧的三個月，略記。

△九月一日，臺大秘書室志工大會，全天。上午先在第四會議室。第一節課有專家楊惠鈴教授（師大社教），演講（人際關係與衝突管理），平時人們以為人際關係不外是拉拍的技術。原來人際關係的內涵有五力：㈠處理衝突的能力、㈡建立關係的能力、㈢說服與影響他人的能力、㈣團隊合作與協調能力、㈤傾聽與溝通的能力。這些學問可大了！

△九月八日，中華民國辦的「紀念中國抗日八十週」（如帖）。發現一個有趣現象，現在臺灣人（獨派）聽到「中國」二字，討厭極了。但中華民國仍在紀念「中國」抗日戰爭。我一向主張中國人在廿一世紀內，必須消滅倭國，傳統或核彈均可，收服該列島成「中國扶桑省」，亞洲永絕後患。

△從去年到今年九月止，《華文現代詩》點將錄完成八人（本）：《鄭雅文現代詩之佛法衍繹》、《莫渝現代詩賞析》、《現代田園詩人許其正作品研析》、《林錫嘉現代詩賞析》、《曾美霞現代詩研析》、《劉正偉現代詩賞析：情詩王子的愛戀世界》、《陳寧貴現代詩研究：全才詩人的詩情遊蹤》。第八本是我自己，詩友寫得《陳福成作品述評》；還有幫「全統會」編了《廣西旅遊參訪紀行》。

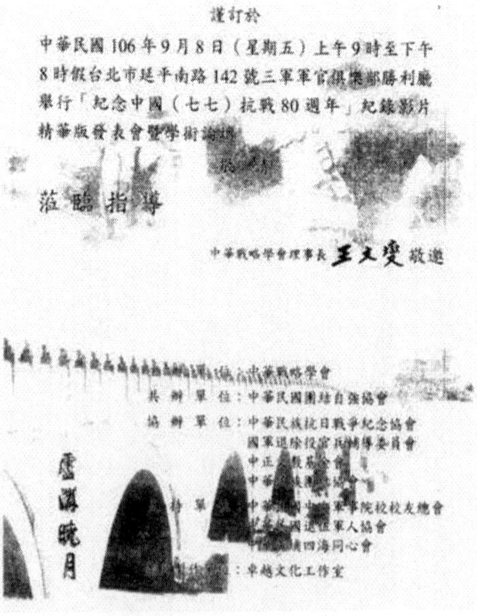

謹訂於
中華民國106年9月8日（星期五）上午9時至下午8時假台北市延平南路142號三軍軍官俱樂部勝利廳舉行「紀念中國（七七）抗戰80週年」紀錄影片精華版發表會暨學術論壇
蒞臨指導
中華戰略學會理事長王文燮敬邀
中華戰略學會
共辦單位：中華民國團結自強協會
協辦單位：中華民族抗日戰爭紀念協會
國軍退除役官兵輔導委員會
軍事院校校友總會
退伍軍人協會
四海同心會
：卓越文化工作室

陳福成著作全編總目

壹、兩岸關係

決戰閏八月
防衛大台灣
解開兩岸十大弔詭
大陸政策與兩岸關係

貳、國家安全

國家安全與情治機關的弔詭
國家安全與戰略關係
國家安全論壇。

參、中國學四部曲

中國歷代戰爭新詮
中國近代黨派發展研究新詮
中國政治思想新詮
中國四大兵法家新詮：孫子、吳起、孫臏、孔明

肆、歷史、人類、文化、宗教、會黨

神劍與屠刀
中國神譜
天帝教的中華文化意涵
奴婢妾匪到革命家之路：復興廣播電台謝雪紅訪講錄
洪門、青幫與哥老會研究

伍、詩〈現代詩、傳統詩〉、文學

幻夢花開一江山
赤縣行腳・神州心旅
「外公」與「外婆」的詩
尋找一座山
春秋記實
性情世界
春秋詩選
八方風雲性情世界
古晟的誕生
把腳印典藏在雲端
從魯迅文學醫人魂救國魂說起
六十後詩雜記詩集

陸、現代詩（詩人、詩社）研究

三月詩會研究
我們的春秋大業：三月詩會二十年別集
中國當代平民詩人王學忠
讀詩稗記
嚴謹與浪漫之間
一信詩學研究：解剖一隻九頭詩鵠
囚徒
胡爾泰現代詩臆說
王學忠籲天詩錄

柒、春秋典型人物研究、遊記

山西芮城劉焦智「鳳梅人」報研究
在「鳳梅人」小橋上
我所知道的孫大公

為中華民族的生存發展進百書疏
金秋六人行
漸凍勇士陳宏

捌、小說、翻譯小說

迷情・奇謀・輪迴、
愛倫坡恐怖推理小說

玖、散文、論文、雜記、詩遊記、人生小品

一個軍校生的台大閒情
古道・秋風・瘦筆
頓悟學習
春秋正義
公主與王子的夢幻、
洄游的鮭魚
男人和女人的情話真話
台灣邊陲之美
最自在的彩霞
梁又平事件後

拾、回憶錄體

五十不惑
我的革命檔案
台大教官興衰錄
迷航記、
最後一代書寫的身影
我這輩子幹了什麼好事
那些年我們是這樣寫情書的
那些年我們是這樣談戀愛的
台灣大學退休人員聯誼會第九屆
理事長記實

拾壹、兵學、戰爭

孫子實戰經驗研究
第四波戰爭開山鼻祖賓拉登

拾貳、政治研究

政治學方法論概說
西洋政治思想史概述
中國全民民主統一會北京行
尋找理想國：中國式民主政治研究要綱

拾參、中國命運、喚醒國魂

大浩劫後：日本 311 天譴說
日本問題的終極處理
台大逸仙學會

拾肆、地方誌、地區研究

台北公館台大地區考古・導覽
台中開發史
台北的前世今生
台北公館地區開發史

拾伍、其他

英文單字研究
與君賞玩天地寬（文友評論）
非常傳銷學
新領導與管理實務

2015 年 9 月後新著

編號	書　　　名	出版社	出版時間	定價	字數（萬）	內容性質
81	一隻菜鳥的學佛初認識	文史哲	2015.09	460	12	學佛心得
82	海青青的天空	文史哲	2015.09	250	6	現代詩評
83	為播詩種與莊雲惠詩作初探	文史哲	2015.11	280	5	童詩、現代詩評
84	世界洪門歷史文化協會論壇	文史哲	2016.01	280	6	洪門活動紀錄
85	三黨搞統一：解剖共產黨、國民黨、民進黨怎樣搞統一	文史哲	2016.03	420	13	政治、統一
86	緣來艱辛非尋常：賞讀范揚松仿古體詩稿	文史哲	2016.04	400	9	詩、文學
87	大兵法家范蠡研究：商聖財神陶朱公傳奇	文史哲	2016.06	280	8	范蠡研究
88	典藏斷滅的文明：最後一代書寫身影的告別紀念	文史哲	2016.08	450	8	各種手稿
89	葉莎現代詩研究欣賞：靈山一朵花的美感	文史哲	2016.08	220	6	現代詩評
90	臺灣大學退休人員聯誼會第十屆理事長實記暨 2015～2016 重要事件簿	文史哲	2017.04	400	8	日記
91	我與當代中國大學圖書館的因緣	文史哲	2017.04	300	5	紀念狀
92	廣西旅遊參訪紀行（編著）	文史哲	2017.10	300	6	詩、遊記
93	中國鄉土詩人金土作品研究	文史哲	2017.12	420	11	文學研究
94	鄭雅文現代詩的佛法衍繹	文史哲	2018.08	260	6	文學研究
95	莫渝現代詩賞析	文史哲	2018.08	320	7	文學研究
96	現代田園詩人許其正作品研析	文史哲	2018.08	520	12	文學研究
97	林錫嘉現代詩賞析	文史哲	2018.08	420	10	文學研究
98	曾美霞現代詩研析	文史哲	2018.08	360	7	文學研究
99	劉正偉現代詩賞析：情詩王子的愛戀世界	文史哲	2018.08	400	9	文學研究
100	陳寧貴現代詩研究：全才詩人的詩情遊蹤	文史哲	2018.08	380	9	文學研究
101	陳福成作品述評（編著）	文史哲	2018.08	420	9	文學研究
102	舉起文化使命的火把：彭正雄出版及交流一甲子	文史哲	2018.08	480	15	文學研究
103	觀自在綠蒂詩話：無住生詩的孤寂漂泊詩	文史哲	2019.06	580	16	文學研究

陳福成國防通識課程著編及其他作品

（各級學校教科書及其他）

編號	書　　名	出版社	教育部審定
1	國家安全概論（大學院校用）	幼　獅	民國 86 年
2	國家安全概述（高中職、專科用）	幼　獅	民國 86 年
3	國家安全概論（台灣大學專用書）	台　大	（臺大不送審）
4	軍事研究（大專院校用）	全　華	民國 95 年
5	國防通識（第一冊、高中學生用）	龍　騰	民國 94 年課程要綱
6	國防通識（第二冊、高中學生用）	龍　騰	同
7	國防通識（第三冊、高中學生用）	龍　騰	同
8	國防通識（第四冊、高中學生用）	龍　騰	同
9	國防通識（第一冊、教師專用）	龍　騰	同
10	國防通識（第二冊、教師專用）	龍　騰	同
11	國防通識（第三冊、教師專用）	龍　騰	同
12	國防通識（第四冊、教師專用）	龍　騰	同
13	臺灣大學退休人員聯誼會會務通訊	文史哲	
14	把腳印典藏在雲端：三月詩會詩人手稿詩	文史哲	
15	留住末代書寫的身影：三月詩會詩人往來書簡殘存集	文史哲	
16	三世因緣：書畫芳香幾世情	文史哲	

註：以上除編號 4，餘均非賣品，編號 4 至 12 均合著。

編號 13 定價一千元。